由佳の成長、それは奇跡の出会いからはじまった

「会社のあり方」「私の生き方」

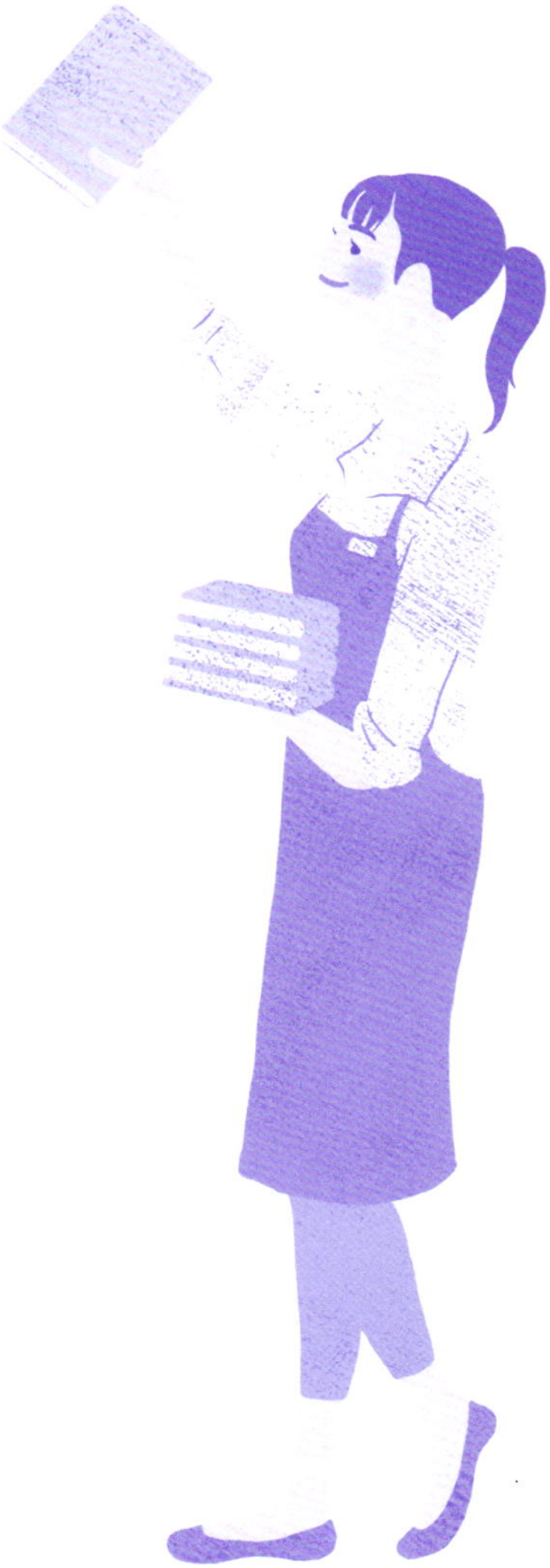

鈴木孝博

リーブル出版

目次

由佳の成長、それは奇跡の出会いからはじまった

「会社のあり方」「私の生き方」

プロローグ

背筋が冷たいような感覚とともに目が覚めた。そして感じた。誰かがいる。まだあたりは暗い。恐怖のあまりベッドの中で体を動かせない。これが金縛りというものなのだろうか。目だけを動かして見回してみたが、変わったものは見えない。でも、間違いなく誰かがいると確信できた。心臓の鼓動が高鳴り、全身から汗が噴き出しているのがわかる。

どれくらいの間、そのままだったのだろう。由佳は、思い切って首を持ち上げてみると、動かすことができた。

そこにはやはり人がいた。床に座ってあぐらをかき、興味深そうに本棚の本を見ている。七十歳代くらいの見ず知らずの男だった。

悲鳴もあげられず、動くこともできず、ただ首だけを持ち上げて、その老人のいかつい横顔を凝視していた。老人は本棚に顔を近づけ、ほうほうとうなずいていた。その瞬間、こっちの視線に気づいたのか、振り返る。目が合うと、男は「うわぁ！」と叫んだ。

その男の間の抜けた声を聞いて、金縛りが解けた。

「ぎゃああ！」

叫びながら、上半身を起こし、無意識に枕を盾のように構えて防御の姿勢をとる。

「いや、違う違う。ちょっと待ってくれ。そんなんじゃない」

老人が両手を振りながら一歩、二歩と近づいてくる。ベッドの上で枕を振り回しながら叫んだ。

「ぎゃああ！　来るな！　ヘンタイ、痴漢、見るな！　ハゲ！」

キルトケットから抜け出し、ベッドの上に立ち上がり、枕を振りかぶって威嚇のポーズをとった。大きめのTシャツとショーツだけという姿だったが必死だった。

見るなと言われて、老人は両手で自分の目をふさいだ。

「だから、違うんだって。え、ハゲ？　アタシ、ハゲてないよな？」

息を整える。が、呼吸が荒くなり、何も言えない。

「いや、そんなことはどうでもいい。とにかく、落ち着いて。静かにしてれば、手荒なことはしないから」

少し息が落ち着いてきたが、まだしゃべれない。

「いやいや、そうじゃない。今のはなんとなく雰囲気で言っちゃっただけだ。うるさくしなければ、手荒なことはしないから、その点は安心してくれたまえ」

そう言うと老人は目をふさいだ指のすき間から目をじっと見つめて、ニッコリ笑った。

言っていることはよくわからないが、あまりにも間が抜けてるので、パニックから脱せつつあった。

「よしよし、いい子だ、いい子だ。どうどう」

「近づかないで。何の用？」

「いや、用ってほどのことは何もないんだ。アタシはただのオバケなんだよ」

由佳は、不思議とそうかもしれないと思ったが、黙っていた。

「試しにその枕をアタシに投げつけてみなさい」

由佳の唯一の武器であり防具である枕を取り上げようとする作戦かと疑ったが、大した武器でも防具でもないと気づき、言われたとおりに枕を投げつけた。老人の姿が陽炎のように揺れて、枕はそこをすり抜けていった。

「本当だ。私、オバケ初めて見た」

「信じてもらえたようだね。アタシはただのオバケであって、ヘンタイでも痴漢でも、ましてやハゲでもない」

「オバケだからって、痴漢じゃないとは限らないんじゃない？　現に一人暮らしの女性の部屋に出てきてるんだし」

「あ、そうか。じゃあ、まあ、痴漢だとしよう。いや、痴漢じゃないんだよ」

「……だから、何なの、何のオバケなの？　どっかで見たような気がする……ひょっとして、お父さん？」

由佳、北川由佳の父は、三十五歳という若さで病死した。その時、由佳は小一、妹はまだ幼稚園にも上がってなかった。母の話では、高知の地元銀行に勤めていて、家族思いの働き者だったという。

ほとんど覚えていることはないのだけれど、絵本を読むのが上手だった。父が休みの日、由佳は必ずお気に入りの絵本を持って、読んでくれとせがんだ。

目の前にいるオバケも、父と同じ四角い顔に、細い目をしていた。でも、年がだいぶ違う。生きていたとしても、まだそこまで年を取っていない。そもそも、オバケも年を取るのだろうか。

「うーん、お父さんではないんだ。ごめん。アタシは石山大一郎、今あなたが勤めている開明堂書店の創業者です。以後、よろしくお願いします」

「ああ、なんかどっかで見たことあると思った。でも、今ここでは、あんまりよろしくお願いされたくない」

「そりゃあそうだ。あなたが正しい。アタシが悪い」

「それで、なんでここに出たのよ？」

「そう！　それ、それなんですよ。それを言わないといけないよな。でも、化けてはいないよ。アタシはアタシのままだから」

「まあ、そうかもしれないけど」

「手短に話すとね、アタシは三年前に死にました。でも、どうにも心配だったのが孫の将大のこと。あれには小さい頃から立派な三代目になれるよう、帝王学を身につけさせた」

「よく、帝王学って言うけど、具体的には何を学ぶの？」

「まあそのあたりはテキトーなんだけど、論語を読ませたり、茶道でおもてなしを学ばせたり、囲碁に剣術、易経とか」

「若殿みたい」

「そうそう、そんなイメージ。あれは賢いし器用なので、なんでもソツなくこなしたよ」

「なるほど。で、おじいちゃんのご希望どおり、会社で修行をしてくれてるんだから、文句ないでしょう。成仏したらいいのに。ほら、早く」

「なんだよ、乱暴な子だな。それがそうじゃないんだよ。まあ、手短に言うと、あれがいろいろ心配で、将大を陰で守るためこの世に残ってしまった」

「お孫さんのことは知ってるけど、なんで私のところにいるわけ？」

「それを説明するには、今日の午後まで遡《さかのぼ》らなきゃいけないいな」

第一章　思わぬ出来事！

1 いつもの職場

目覚まし時計の電子音がけたたましく鳴った。由佳はいつものようにベッドの縁に座り、大きく伸びをする。窓のカーテンを少しだけめくって外の様子を見る。濡れたアスファルトの上を傘を差した人たちが駅へと急いでいた。

「もう梅雨入りかなぁ～」

大学を卒業して七年ちかい。一人暮らしがこれだけ長くなると独り言も無意識に出る。

東京都世田谷区太子堂。東急・田園都市線の三軒茶屋駅から徒歩五～六分にある小さなマンションが由佳の住まいだ。

できるだけモノを持たないようにしているので、部屋の中はスッキリしている。正直に言うと、ファッションにもコスメにもあまり興味がない。部屋で幅を利かせているのは本棚だ。文学作品だけでなく、学生の頃や前職時代に読んだ経済学や経営学の本も多い。

まったく色気のない部屋……我ながらそう思う。

二十八歳ともなれば、彼氏の一人や二人いたって良さそうだが、今、由佳は本当に必要としていない。まあ、今だけでなくずっとそうなのだけど……。

大学生の頃にはそんなような人がいた時もあった。ほんの短い間だったが。ゼミの先輩で感じのいいスポーツマンだった。恋人同士というのがどんなものなのかはわかったが、すぐに落ち着かない気分になってしまった。当時の由佳は、奨学金で学費を工面しながら郷里の母が苦労して送ってくれる生活費とバイトで稼いだお金で生活していた。そんな状況で浮かれた遊びになど身が入るわけがない。相手にしてみれば、そんな手応えのない由佳では物足りなかったのかもしれない。

今はその時に比べれば、ずっと余裕のある生活をしている。だが、つい「恋愛にうつつを抜かしているヒマはない」と考えてしまう。しっかり稼げる術を身につけたいし、女手ひとつで由佳と妹を育ててくれた母親に孝行したい気持ちもある。

小さなダイニングテーブル、その上の小さなテレビで朝のニュースを見ながら、リンゴと小松菜のスムージーを飲む。由佳の朝のルーティーンだ。便秘対策だけしっかりしておけば元気でいられるような気がする。

サッと申し訳程度のメイクを済ませ、セミロングの髪をゴムでまとめ、お決まりの通勤服、ブラウスとパンツという姿でそそくさと出かける。要するにいつもと同じ朝だった。まさか、その夜オバケと遭遇するなんて、その時は知る由もなかった。

一方通行の細い道を通って駅へと向かう。

東京大空襲で焼けなかったから道幅が狭く、住宅が密集しているのだとタクシーの運転手が言っていた。それでも三軒茶屋駅は再開発され高層ビルが建った。百年前のゴチャゴチャした生活感と、現代の都会的な利便性が融合する。由佳はこの街のそうしたギャップからくる雰囲気が好きだ。職場のある渋谷駅まで近いのもいい。田園都市線の混雑はひどいが、二駅くらいならどうにか耐えられる。

渋谷駅を降りて、明治通りを数百メートル。オフィスビルが立ち並ぶ並木橋の少し手前に、由佳の職場はある。開明堂書店渋谷店。ビル自体は一九八〇年代に建てられたものだが、内装はたびたび手を入れ、今風の書店という佇《たたず》まいだ。

職員通用口から入る。傘立ての傘はまだまばらだ。ホルダーから自分の名前のタイムカードを抜き取り打刻する。北川由佳、今日も始業時間に十分な余裕をもって出勤できた。

「おはようございます」

「おはよう。北川さん、今日は午前も午後も大変だけどよろしくな」

「はい」

店長の長岡英樹の声掛けに返事をした。

今、由佳には頭痛のタネが二つある。そのうちの一つがこの長岡だ。中途で入って三年目だというのに、長岡の由佳に対する評価は新人の時以来、超低空飛行を続けている。いや、地べたを這いつくばったまま浮上の気配すらない。もちろん、由佳が未熟なのがいけないのだとはわかっている。でも、由佳への当たりはキツ過ぎるように思うのだ。

今日は、朝から新しいパートさんが来るので由佳が教育係を担当することになっている。午後からは本社で行われる会議に出席する。「午前も午後も大変」とはそのことだ。その二つの仕事がそうというわけではないが、長岡は面倒な仕事はとりあえず由佳に振り充てる。そして、首尾良くこなした時は「あ、そう」の一言でおしまいだ。ところが、万一、ほんの少しでも手際の悪いことがあれば、目ざとく見つけてお説教が始まる。

「どういう了見なんだ」

リョウケン？　初めて聞いた時は、あまりにも耳慣れない言葉なので意味が取れなかったが、これが長岡店長の口癖だ。まだ五十歳前だというのにそんな時の長岡は妙に落ち着いていて、こちらの心の中を覗かれているような気になる。まあこれも修行のうちだと割り切ってはいるが、由佳としてはなんとか認めてもらいもっと先へと進みたいと思っている。

エプロンを着けて売り場に出る。

副店長の小山英子に「北川さん」と呼びかけられた。

店長との接触は常にピリピリと緊張感が漂うのに対して、この小山副店長にはどこか癒される。仕事に対する厳しさは店長以上かもしれないが、その表情はいつも穏やか。四十代半ばという年齢相応の落ち着きがあり、副店長としての指導はあくまでも優しい口調で理路整然としている。見た目はずっと若く、男の人だったら誰だって守ってあげたいと思わせる可憐さがある。絶対にモテるはずだが結婚歴はないのだそうだ。そんなところも含めて、由佳は入社以来憧れている。

「北川さん、こちら今日から加わった山口久美子さん。じゃあ、山口さん、仕事の具体的なことは北川さんから教わってくださいね」

小山副店長から、新人の身柄を預かる。

一日四時間で週三回の勤務だというから、学校に通う子どもがいて、配偶者の扶養の枠内で働く伝統的かつ典型的な「主婦パート」なのだろう。開明堂も他の書店と同じようにパート、アルバイト、契約社員といった非正規雇用のスタッフによって支えられている。

「北川です。山口さんは、書店での勤務経験はありますか？」

「いいえ、初めてなんです」

「ぜんぜん問題ないので、心配しないでくださいね。どんな本がお好きなんですか？」

「いろいろ好きなんですけど、海外ミステリーが一番好きです」

「いいですね。社員販売の話は聞きました？」

「はい。すごく嬉しいです」

このやりとりで少し安心した。書店員の仕事はちっとも割のいいものではない。時給は安め、仕事は意外とハードだ。本が好きでない人にとってはメリットはほとんどないかもしれない。ただ「なんとなくラクそうだ」というイメージで入ってきてしまう人が時々いるのだ。

でも、本が大好きという人にとっては、どんな本が読まれているか、どんな新刊が出るかがわかるだけでも楽しい。本が一割引で買える社員販売も魅力的。そもそもこの空間にいること自体が嫌いじゃない。山口が一日で辞めてしまうことはなさそうだ。

朝礼が始まる。毎日同じようだが、毎日新しい本や雑誌が発売されるのが書店の仕事。注目商品や注力商品の情報共有は大切だ。また、時期や天候による忙しさの予測、準備を徹底するのも朝礼の役割。今日は新人・山口の紹介もあった。

朝礼が終わるとスタッフたちは一斉に持ち場に散った。

「早番シフトの大事な仕事は、搬入された本を開店までに売り場に並べることなんですよ」

由佳は山口に伝えた。

首都圏の東京・神奈川を中心に展開している開明堂の中でも、渋谷店は売上規模、売り場面積ともに上位に入る。従業員も多く、それぞれが担当の売り場を持っている。書店員たちはきびきびと動き、持ち場の棚を作り上げていく。

由佳の担当はビジネス書だが、今朝は山口の教育係として持ち場を外れている。棚はベテランのパートスタッフに任せた。もっとも、社員は全体の中では少なく、緊急事態があれば担当外でもフォローに入る。

接客についてのごく当たり前の説明をした後、さっそくレジを説明する。経験がなくてもすぐに貢献できる。数をこなすことで本の扱いが上手くなり、売れる本の情報が知らず知らずに頭の中に蓄積されていく。まずは、このレジをこなせるようになることが書店員への第一歩だ。カバー掛けや性別と年代の入力には戸惑うかもしれないが、慣れればどうということはない。とにかく、レジをバッチリこなしてくれればそれだけで先輩たちにとっては大助かりだ。

手順を教えながら自分の新人時代を思い出した。レジ打ちをやったことがなかったから、初めてのときは異常なくらい緊張した。開店後もしばらくの間、山口の「レジ初挑戦」に付いていた。頭のいい人だというのがよくわかった。

由佳は大学での専攻は経済学だった。そのときに思っていた「頭のいい人」と、書店という現場で感じる「頭のいい人」は随分と違う。これは前職の外資系証券会社でも思ったことだ。実社会で必要な頭の良さとは、周囲から情報を収集できて、安全なことと危険なことの区別がついて、安全なことは自分で積極的に行動し、危険なことは他人に頼る。それに尽きると由佳は思う。

レジを代わってもらって「棚」の説明をした。書店員にとって一番楽しい仕事は売れる棚を作ることだ。ベストセラーや話題の新刊本は、平積みにしておけば放っておいても売れる。書店員の腕の見せどころは、売れる本の周辺に「知の連想ゲーム」を作ることだ。同じ著者の旧作はもちろん、同じテーマに違うアプローチで迫っている本、まったく逆の主張をしている本なんかを近くに置くのも面白い。テクニックはいろいろある。

「山口さんは、ミステリー好きだと、やっぱり文庫の担当をやりたいですか？」

必ずしも担当は希望どおりにはならないが、聞いてみた。

「いやあ、まだよくわからないですけど、文庫は通のお客様が多そうですよね」

「わ～、鋭いですね。どん欲な読書家のお客様にいろいろ難しいことを聞かれます」

「私、絵本とかがいいですね」

「なるほど。では……ちょっと見てみます？」

言いよどんだ理由は、児童書の担当が契約社員の石丸遥だからだ。由佳の頭痛のタネその二がこの人。就職氷河期で正規雇用の就職が決まらず、開明堂にはアルバイトで入った。やがて働きぶりが認められ契約社員に。正社員転換を希望しているが叶っていない。転職で入社してまだ二年あまりである由佳にとっては、渋谷店での仕事のキャリアは石丸の方が「先輩」になる。

その由佳がいきなり中途採用で正社員。由佳とほぼ同じ年齢に見えるが、一～二歳は上だろう。とにかく、石丸は由佳に対してむき出しの敵意をぶつけてくるのだ。ただし、二人っきりになったときだけ……。二人っきりになると石丸は作り笑いをしながらも決まってギロリと怖い目で由佳を見てこう言う。和やかそうだけれどもピシャッとした冷たいトーンで「あんたにだけは絶対に負けないの」と。笑顔で殴るという感じだ。

「石丸さん、山口さんは児童書に興味あるそうですよ」

「えー、そうなんですか～。反映されるかはわからないけど、希望として言ったほうがいいですよ」

カンペキだ。由佳の前だけで見せる、あの「イヤな人」の影はまったくない。あんな部分があるなんて、絶対に誰も信じてくれない。由佳も初めは信じられなかった。

「渋谷店は子連れのお客さま、多くないから、じっくりと親向けの棚作りができますよ」

感じのいい笑顔で石丸が言った。

2　憑かれちゃった

教育係役の午前を終えて、午後は第一回『新ビジョン会議』に出席するため同じ渋谷だが四百メートルほど離れた道玄坂の本社へ向かう。

ウチの会社に限らず、書店を取り巻く環境は年々厳しくなっている。そこで、あえて管理職ではない中堅若手の書店員から将来へのアイディアを引き出そうというのが会議の目的だという。

「北川さんに行ってもらおうと思っている。得意の分析と提言をビシッと決めてきてよ」

十日ほど前、長岡店長にそう命じられたのだ。「得意の」という言葉には少し皮肉がこもっている。

実は一年ほど前、渋谷店の現状を分析し、改善策を提案したことがあったのだ。パート、アルバイトの定着率が悪く、かえって採用や教育にかかるコストがムダになっている。他の業種と同レベルまで時給を引き上げるべきだとペーパーを作って提案した。

由佳としては、「店長候補」という求人に応募して採用されたという自負がある。どんどん責任のある仕事を任されるようになりたいし、どこの地域のお店でも構わないので店長として書店を運営してみたい。その先には、起業という野望も持っている。

資料を一読し、長岡店長が言った。

「問題意識を持つことは理解できる。しかし、ここは証券会社じゃないし、君はアナリストでもない。今の君に求められていることは、プロの書店員になることだ。経営分析や経営方針に口出しすることじゃない」

ピシャリとはねつけられた。たしかに、店長になるにはプロの書店員であることが最低条件だと気づかされた。順番は大事だ。でも、何か胸にモヤモヤとしたものが残った。

どのような雰囲気の会議になるのかわからない。けれど、思ったことはキッチリ言ってこようと思っていた。


会議には東京近郊の店舗の中堅若手社員が参加。本社からは三人が参加した。まずは議長席らしい席に座ったのが営業推進部の石山将大。創業者・石山大一郎の孫にして現社長・石山司朗の息子。歳は由佳とあまり変わらないだろう。時々渋谷店にも視察に来る。ただ、その声にはあまり迫力はなく、良く言えばクール、悪く言えばちょっと弱々しい印象だった。

その隣に、営業推進部長で将大の上司である勝又部長。少し離れて村野専務が座る。先代の右腕として貢献してきた人だ。他店のメンバーでは知った顔はいなかった。こういう会議に出るのも初めてなのでそれは当然だ。

　専務の村野が切り出した。

「え～、忙しいところ集まってもらってありがとう。ご承知のように、近年、業績が横ばいです。正直言うと減少傾向。他所の書店の動向やネットの普及やお客さまの趣向の変化などの影響は少なからずあります。この『新ビジョン会議』は、明るい光を見出すことを目的に社長からの指示によって発足しました。必ずしも全店ではありませんが、お店の代表として相応《ふさわ》しい方に来ていただいています。遠慮なく率直な意見を出し合って、いい提案ができるように力を貸してください。現場に知恵ありです。よろしくお願いします。勝又部長が進行役かな？　あっ、私は途中で退席するつもりだから。いると意見も出にくいだろうし……」

「はい。ありがとうございます。ということで、今回は若手の方々に集まっていただきました。議事進行は、営業推進部・石山将大さんにやってもらおうと思います。専務よろしいですね？」

　村野専務は黙って頷いた。そして、それを確認して勝又が促した。

「では、石山さんお願いします」

「え～、いきなり……⁉」

　スットン狂に将大の声が裏返る。由佳は必死に笑いをこらえた。

「それでは、まずは現状の問題点や日頃感じていること、困っていることなどをピックアップしてみたいと思います。どなたか」

それであればと、参加者は次から次へと問題点を挙げていく。いわく、本社主導の発注となるベストセラー本の供給が上手くいかず売り漏らしがある、改装が必要な店舗がある、新刊が多すぎて陳列しきれない、アルバイトが集まらない、エプロンのデザイン変更を……。本社への苦情大会となり収拾がつかなくなってきた。

由佳は我慢できなくなって思わず挙手した。

「すみません。たぶんこれ、どうにもならないことを言うだけ言ってみる会になってしまっていると思うんです。何が問題かというと、各店の運営にかけられる予算が少ないということではないでしょうか。その原因は、書店業の利益率が低過ぎるということでしょう。あっ、それこそどうにもならないことでした。すみません」

「北川さん、ありがとうございます。皆さんからの問題点の中にはすぐに改善できることもあると思いますので、すべて報告し検討するようにします。それはそれとして、北川さんがおっしゃったように書店業の利益率が低く、そのせいでお金がかけられないというのは本質をついていると思います。それを改善するためには、売上を向上させるか原価や経費を低減させるしかないと思うのですが……」

由佳の発言を受けてようやく将大が議長らしい発言をするが、まだオドオドしている。

ここで調布店の男性が確認を求めた。

「でも利益率が低いのは、委託販売の宿命でしょう。どうすることもできないのではないですか」

　そうなのだ。書店に並んでいる本は書店が買い取ったのではなく、委託、つまり出版社から預かっているだけなのだ。それを「取次」という本の流通会社が店の売り場に合うようにセレクトして運んでくれる。売れたら代金を取次に支払い、取次は経費を差し引いて残りを出版社に支払う。売れ残りのリスクはすべて出版社が負っているため、書店と取次は薄い利益率でまわしている。

　こんどは町田店の黒谷という女性が、少し緊張して手を挙げた。

「利益がないということですが、結局、人件費を増やさないで売上をアップさせることを考えるしかないと思うんです。みなさんも聞いたことあると思うのですが、岩手県の盛岡のサワカミ書店のように、書店員が実力を持つしかないんじゃないでしょうか」

　盛岡のサワカミ書店は業界では有名だ。東京の書店から移ったカリスマ店長が、地域の人に読んでほしいと思う本を熱い心で売り込んだ。盛岡・サワカミ書店発全国ヒットという作品がいくつか生まれたのだ。その渾身のＰＯＰやパネル作りは、店長が代わった今でもアルバイトたちに引き継がれている。

　もちろん、由佳もサワカミ書店のことは知っている。また、本を媒介に人と町がつながるコミュニティーづくりを標榜し、独自の店づくりをしているという九州・福岡のローカル書店の存在なども聞いたことがある。しかし、現在の自分たちの働き方を考えるとどうしても現実的に感じられなかった。社員もアルバイトもできる範囲で精一杯やっている。ＰＯＰも心を込めて作っている。人件費を上げないで、つまり、労働時間を増やさないで、今以上の成果を上げるなんてできるのだろうか。

新宿店の男性が由佳の心を代弁するようにおもむろに声を挙げた。

「たしかに、書店員の努力でもっと売上を上げられればいいと思いますが、現実的には情報を集めて分析するのも販売戦略を考えるのも、取次の力を借りるのが一番じゃないでしょうか。書店員個人ではできることに限界がありますから」

由佳が思っていたことを、そのまま言葉にしてくれた。集まった社員たちも、その発言に賛同しているようだった。

ところが、その発言を聞いているうちに、由佳はなぜだかイライラして落ち着かない気持ちになっていた。その気持ちの正体に気づくと思わず挙手していた。

「私も、失礼ながらサワカミ書店の話は地方都市だからできることで、東京ではムリだと思っていました。でも、よく考えたら、取次さんから配本されたとおりに棚に並べるだけだったらなんだか虚しい仕事だなぁと思えてきました。私も、町田店の黒谷さんと同じように、ムリだと決めつけずに惚れ込んだ本を気迫を込めて売れるようになりたい、情報の発信源になれるように努力したい……。できないでしょうか」

ふたたびの由佳の発言を受けて議長役の将大が締めに入ろうとした。

「ひとつの候補、方向性として、今、黒谷さんと北川さんの意見にあった『情報を発信し、情熱的に販売する書店員力をつける』というのを書き留めておきます」

由佳はさらに言いたくなった。と思ったらまた挙手していた。

「各店、皆さん精一杯頑張っているんだと思います。最近は、経費、経費って気を付けていますしね。でも、今のやり方の延長線上だけでいいのかって話じゃないのかと思うんですけど」

「じゃ、どうすればいいんです？」

と、将大が聞き返した。

「現場で起こっていることはどれも一つ一つ事実だと思います。でも、今日だけでもこれだけたくさんの要望とかが出たので、一度本社で整理していただき、次回にでもご説明くださるとか。その濃淡、優先順位だけでも示していただけたら……。現場だけで解決できないものもありますので」

由佳は続ける。

「ルーティンでやっているものであっても、思い切って止《や》めちゃうとか」

皆が、呆気《あっけ》にとられたような表情になっている。すると、将大が少し慌てた様子で割って入る。

「北川さん。ずいぶん言いますね」

「そうそう、現場での工夫を聞かせてもらって、そのノウハウというかアイディアを共有するとかもありますよね」

勝又が、慌てて当たり障りなく補足をする。

そして、頃合いを見計らうように、勝又が引き取った。

「まあ、そろそろ時間だし、今回はメンバーの顔合わせということで……。今後、何回か集まって議論をして、あるべきものを見つけていこうと思います。村野専務よろしいですか」

気がつくと、村野はいつのまにか退室していた。

え～と、勝又が困った顔をした。

「次回もこのメンバーで進めたいと思いますが、取り上げてほしい議題がありましたら事前にメールで連絡してください。では、今日はありがとうございました」

将大が締めて、第一回目の『新ビジョン会議』は終わった。

なんだか曖昧な感じ。会議って、今回決まったことを確認して次回にやることや誰がどのような宿題を持ったかをはっきりさせてまとめるものじゃないとね。これをキチンとしないなんてなんかヘンだと思った。

由佳は、そそくさと会議室を出る。

「北川さ～ん」

隣の席に座っていた町田店の黒谷が、声をかけながら追いかけてきた。

「北川さん、カッコよかったですよ」

「そんなことないですよ。私、ちょっと言い過ぎちゃった……へへ」

「大丈夫ですよ。でも、みんな当たり障りないね……」

「そうですね。黒谷さん、またお話ししましょうよ。そうだ、私の休みの日にでも町田店を覗きにいってみようかな。いい？」

「もちろん。どうぞ、どうぞ」

　笑顔で黒谷が応えてくれた。


　会議が終わり本社から渋谷店に戻る。会議のレポートを作って長岡店長に報告し、ビジネス書の動きをざっと数字で確認して退勤した。

　夜のルーティーンが終わって就寝し、オバケに起こされて、今ここだ。

　石山将大を見守っていたというオバケの石山大一郎が、なぜ由佳の部屋にいるのか。

　老人が意を決したように言った。

「それを説明するには、今日の午後まで遡らなきゃいけないいな」

「お孫さんと一緒に、会議に出ていたんですか？」と、驚いた表情で由佳が聞く。

「そう。でも、昼間はねオバケは外に出られないから、見ていたわけじゃないんだけどね」

「じゃあどこにいるの？」

「それを説明するのが難しいのだけれど、昼は『概念』の中にいる」

「意味わかんない」

「アタシも言っててよくわからない。まあもう少し具体的に言うと、『文字情報』の中にいる。夜になると仮の体ができるのだけど、昼の間は、本の中とか携帯電話の中とか、とにかく文字情報の中にいる。外の様子は見えないが文字情報で伝わってくる。今、将大がどこにいて何をしているか。たぶん将大の脳内を通じて文字で伝わるのよ」

なんだか訳がわからないことを言っている。

「何を言っているのかサッパリわからない。まあとにかく会議の時は、お孫さんのスマホの中にいて様子を文字の実況中継で確認していたってわけね」

「そうそう。ほんっとに、あなたは理解力が高いな。会議での様子を知るにつけあなたという人間に魅力を感じたのだよ」

「魅力とか言わないで。それで痴漢しようと？」

「……だから、痴漢じゃないんだって。いや、いいなと思ったのよ。あ、将大のパートナーとしてね。あいつ、優しいのはいいけどナヨっとしているでしょう？　だから、こういう賢くて行動的なお嬢さんと結婚したらいいのに……と思ったのよ。それで、顔が見てみたいなって思って、こう概念の世界の中でモゾモゾしていたらあなたに憑《つ》いちゃった」

「何その『憑いちゃった』って。縁もゆかりもない人に憑いたりするの？」

「アタシもかれこれオバケ歴三年なんだが仕組みがサッパリわからないんだ。それにしても、今日の会議でのあなたの発言は良かった。気に入った」

「ありがとう。オバケとはいえ素晴らしい創業経営者に褒められて嬉しい」

「……と言いつつ、言葉遣いがゾンザイなような」

「しょうがないでしょ、痴漢から始まったんだからすぐには修正できない」

「とにかく、こんなお嬢さんが将大の嫁になってくれたらいいなぁと思ったんだけど、どうかな」

「知りません。興味ありません。もう疲れた。早くどっかへ消えてください。それと、もうここには出てこないで」

由佳はピシャリと言い放った。見る見る老人の表情が曇った。

「そんなに邪険にしなくても……仮にも勤め先の創業者であり、現社長の父親なんだし」

「それとこれとは話が別。ここに出てきてほしくないし、とっとと元の場所に戻って」

「……はい、わかりました。向こうにいます」

「向こうでもあっちでも何でもいいから、私の部屋には出ないで」

「はい。わかった。迷惑をかけて悪かったね。本当に申し訳なかった。このとおりだ」

老人は、土下座せんばかりに謝った。相手は年寄りで、しかもオバケだ。由佳は少し強く言い過ぎたことを後悔した。

「頭を上げてください。わかったのなら結構ですから。とにかくもうここには出てこないでください」

四角い顔にホッとしたような微笑みが浮かんだ。

「では、失礼するよ。これからもアタシの開明堂をよろしく。さようなら」

耳元に空気を切り裂くような音がしたかと思うと、老人は消えた。由佳の目には、足からスポンと本棚の中に吸い込まれていったように見えた。

エアコンを切っていたのに、ヒンヤリとしていた室内の温度が急に上がったような気がした。時計を見ると午前三時になろうとしている。明日も仕事が忙しいのに……そう思った瞬間、由佳はもう眠りに落ちていた。

3　試す場を探す

　翌朝、由佳は目覚めたものの、オバケのことが頭から抜けていなかった。

「不思～議な気分。どうしちゃったんだろう。お陰で寝不足！」

「だいたい、オバケなんかいるわけないよ。しかも創業者だって」

「きっとヘンな夢見たんだ。でも……。お～、イヤだイヤだ」

　そんなことを呟きながら、由佳はいつものように朝のルーティンを済ませ、部屋を飛び出した。相変わらず電車の混雑はひどい。だが、証券会社で働いていた頃は出勤時間帯もいまよりも一～二時間は早く、ラッシュのド真ん中でもっとひどい混雑だった。車内の雰囲気、乗客の服装や顔ぶれも随分違う。地下を走る電車の窓に映った今の自分の顔と姿を見ているうちに由佳は四年前を思い出していた。

「ローマン・ブラザーズは、米連邦破産法十一条（チャプターイレブン）適用を申請しました」

二〇〇八年九月も半ばの朝、ローマン・ブラザーズ証券の社員であった北川由佳は突然届いた社内メールに驚愕した。

「えっ！　なんなの！　どうなっちゃうのよ！」

周りに聞いてもさっぱり要領を得ない。ただただザワつくばかりだ。

しかし、翌日には民事再生法の申請がなされ、米国本社の後を追ってその日本法人であるローマン・ブラザーズ証券も倒産することが知らされた。一気に世界中へ波及することになる大金融危機の始まりである。入社三年目の由佳にとって、「大変なことが起こった」としかわからなかった。


「ウチの会社、つぶれた！」

親友の高橋美咲にＬＩＮＥした。美咲とは、大学のサークルで知り合いそれ以来の付き合いだ。大手ＩＴ企業に就職したが、社内恋愛の末にスピード結婚。しかし、早くも先日バツイチになったばかり。いまは、一念発起してＷＥＢデザイナーとしてなんとかやり始めつつある。

「つぶれたって？『大変なことが起こった』とニュースで言ってた」

「うん。どうなっちゃうんだろう。ウチは大丈夫って聞いていたのに……」

「じゃ、クビ？」

「わかんないけど、そうなるかな」

「ヒドっ〜」
「でしょっ⁉」

由佳は大学を卒業してから、米国の超大手証券会社ローマン・ブラザーズの日本法人であるローマン・ブラザーズ証券に就職した。実力で働きたいし出世もしたいし、なんといっても給料もいいだろう……。とにかく成功したい……そんな動機から難関の採用試験を突破し、ここで働くことになったのである。

しかし、抜群に優秀な社員たちがいる一方で、能力もなく常識をわきまえてもいないが、自分が関わっている市場の相場がいいため、億を超えるようなボーナスをもらって勘違いしている若手社員もいる。正々堂々と実力で勝ち残ってきた者がいる一方で、労せずして生き残っている者がいる。千差万別の人材の組織に身を置いていて、一種の冷たさのような違和感めいたものを感じ始めていた矢先だった。

半年ほど前、米証券大手のブロンディー・スターンズが米銀大手に救済合併され実質破綻に追い込まれたのを機に金融市場の緊張感は急激に高まった。かねてから経営不安説がささやかれていたローマン・ブラザーズの株も売り込まれる。だが、その時点では社内にはまだ切迫感はなかった。「米国本社のCEO自らが『ウチは他社とは違う』と社内に説明していたし、三月末には本体の増資計画も発表されたからである。だが、その後、状況は急激に変わっていく。ローマン・ブラザーズ証券の社内では、経費大幅削減の号令が出る。新規採用も止まり人員削減も進んでいた。夕方、上司に呼び出されたある同僚がそのまま自席に戻ってこなかったことが、由佳の周りだけでも今年になって三〜四例はあった。そのいずれへも欠員補充はない。そして、九月中旬朝の「連邦破産法十一条（チャプターイレブン）適用を申請」という突然の社内メールである。

「そういえば、六月頃から主要な社員が何人かヘッドハントされて辞めたとの話が広がったことがあった。目端の利く人は利くんだ……」

由佳は、自分のノンビリさ加減を自嘲した。

「さあ、どうしよう」

元同僚たちの大半は事業吸収先として名乗りを上げた大手証券会社に移ったが、そうでない者もいる。多くの者の行先は金融関係だ。しかし、まだ三年目とはいうものの、「これって、自分が指向したかったもの？」という思いがしていたことがどうしても引っかかっていた。

ゴタゴタの騒ぎのなかで、実際のところ由佳には然《さ》したるスカウト話は寄せられなかった。どこに行ったとしても、これまでのローマン・ブラザーズ証券のような高い給料を出すところはないだろう。由佳は、これを機に同業の仕事とは別の道を探した方がいいと思い始めていた。

そんな思い悩む日々を過ごしていた由佳は、しばらく顔を出していなかった高知の実家に帰省することにした。東京の空気から少し離れ、家族の団らんが恋しくなったのである。母は頑張り屋の明るい「肝っ玉母さん」。サバサバしていて逞《たくま》しいが、ちょっと短気。「曲がったことは大嫌い」という真っ正直なところが良いところでもあり要領の悪いところでもある。そんな母を見ているとなんだか気持ちが和らいでいく。

実家にいると甘えられる。そして、愚痴三昧の時間に浸ることになる。母はいいタイミングで相槌《あいづち》を打ちながら笑顔で聞いてくれる。決してネガティブなことを言わない。本当は一番心配してくれているはずなのに、それを微塵《みじん》も出さないところが嬉しい。妹の突っ込みにはちょっとイラっとくるけれど、イタ気持ちいい感じ。地元で暮らす幼友達ともタップリ食べておしゃべりもした。皆でワイワイといただく皿鉢料理と地元のお酒はやっぱり美味しい。昔話からはじまり恋の話やグルメの話、さらには誰と誰が結婚したという話が飛び出してきたり、子供が生まれたっていう話も……。

故郷ですっかり充電できた由佳は、「たしかに証券会社勤めの時に得たものは多かった」「でも、本当の自分の居場所はこれからのどこかにある」ということは、「今回のことはいいキッカケなんだ」と思うようになった。

「世の中な〜んとかなる」「即バツイチの私が言うんだからさ」……親友の美咲からＬＩＮＥで言われたのも後押しになる。

「私は運がいいはず」「母や妹のためにも頑張ろう」……由佳は、改めてそう思い「よし、やるっきゃないわ！」と気合を入れて真っすぐ前を見つめた。

由佳は、元気になって東京に戻ってきた。とはいうものの、デフレ緊縮の風潮の中、仕事探しは簡単ではなく苦戦していた。伝手《つて》も総動員して片っ端から探したもののなかなか見つからない。「これでは母にも申し訳ない」と、暗い気持ちになりかけていたそんなある日……。転職サイトに「開明堂書店。店長候補募集」というページを見つけた。

「店長候補？」「開明堂？」「本屋さんの開明堂？」

「給料はどうなんだろうな」

「前職に比べての大幅ダウンは仕方がない。前と比べてはダメ」

「でも、意外と面白いかも。これまでとは全く違う世界だけど、本気で仕事できるかもね」

「よし！　受けてみよう」

拳に軽く力が入った。

まだまだ朝晩は寒いものの、少しずつ春が感じられる季節を迎えようとしていた。

「で、前職は証券会社でしたよね。しかも外資系の。なぜウチに？」

専務の村野高志が質問した。

渋谷にある株式会社開明堂書店の本社会議室。部屋には由佳に対して面接者四人。採用面接の最中である。

「本気で仕事ができそうな気がします！」

由佳が、思い詰めたように言った。

「本気で？　そりゃ仕事なんだから本気でやってもらわないと……」

「もちろんです。ただ、同じ本気でやるにしても知的な空間で仕事できるのって素晴らしいと思います！」

「じゃ、前職はそうじゃなかった？」

「いえいえ、そういうことではないんですけど」

意地悪なことを言う人だ。内心ちょっとムッとしたが、ここは抑えて抑えてと。

「まあまあまあ、専務」

村野を遮《さえぎ》るように、社長の石山司朗が割って入ってきた。

「知的な空間か……」

「はい。私、子供の頃から本屋さんに寄るのって好きでした。小学生の頃なんか学校の図書室も入り浸りでした」

「どういうところが好きなんですか？」

「はい。棚に並んでいる本が一斉にこっちに向けて『知のビーム』みたいなのを出してきているような気がして……。私を見て！　私を手に取って！　ほら！って語り掛けてくるんです」

ちょっと盛っちゃっているけど、まあよしとして。

「『知のビーム』ですか。知の空間、好奇心の空間というのは、実はウチの先代社長もよく言っていました。私の父ですが」

「はい。私、石山大一郎前社長が、以前、テレビや雑誌のインタビューでお話しされているのを聞いたり読んだりしたことがあります。それって素晴らしいことだと」

「ほ～、そうですか」

「はい。ですので、そういう知の空間を創るということを皆様とお仕事にできるのなら、こんな素敵なことはないと思います。もともと本は大好きですから」

次に、隣に座っていた渋谷店長の長岡が聞く。

「でも書店の仕事って結構な肉体労働ですよ。あまり儲からないしね。そのあたりはどう思われるのですか。賞与なんかバカにするなってくらいに少ないし……」

「ちょ、ちょっと言い過ぎじゃないの？　長岡君」

社長の石山が、苦笑いしながら口を挟んだ。

「まあ、でも実際多くないんですから」

と長岡は頭を掻《か》きながら応える。

そんな掛け合いのようなやりとりを見ながら由佳が答えた。

「はい、書店員の方が入荷した本を小脇に抱えて、棚の前で立ち止まってその一冊を持ったままどこに置けばいいかな……ってちょっと考えている。この光景が好きなんです。一冊の本をどこに置くか、どこに移すか、その手の動きのひとつでその本の運命が変わるかもしれない。それを自分がやるって……なんだか凄いなっと思います。そのシーンのためなら平気かな……なんて。ちょっと勝手な思い込みかもしれませんけど」

えっ、ちょっといいこと言っちゃった。カッコ良過ぎかな。

「面白い見方をするんですね」

今度はオブザーバーとして座っていた松木田真三が続けた。創業以来、前社長と二人三脚でやってきた功労者。長く専務を務めていたが石山大一郎が亡くなったのを機に退任。しかし、「後見ということで、しばらくいてほしい」という現社長・石山司朗からの要請があって監査役に就いていた。

「で、北川さん、あなた、運、良い方だと思いますか？」

「えっ？」

由佳は、想定外の質問に一瞬戸惑う。

「運、良い方と思いますか？　それとも悪い方だと思います？」

再度の松木田の質問に対して、由佳が少し身を乗り出し気味に答えた。

「はい。私、自分の運、悪いと思ったことないんです。良い方だと思います。前職の会社がああいうことになったのも、あの時はなんで？とは思いましたけど、私にとっては転身しろってことを示してくれたのかもしれませんし……。ですので、ある意味感謝しているんです。ここにこうやって来られましたし……。何かのお引き合わせかと思います」

由佳としては偽らざる本当の気持ちを伝えることができた。

それを聞いた松木田は嬉しそうな顔をした。

「ハハハハ。それはいい」

石山は笑いながら右隣の村野と左隣の長岡、そして松木田それぞれに顔を向けて頷いた。

四人の協議では、「面白そうな人物だけど」「ちょっと元気過ぎないか」「前職と畑が違い過ぎじゃないか」「結構鼻っ柱、強そう」……と村野がリード。しかし「案外、ああいうのって良いですよ。芯もあってガッツもありそうだし」と渋谷店長の長岡の発言が決め手となった。そして、石山が「『運が悪いと思ったことがない』ってのはいいね。ねっ、松木田さん」

すると、松木田がニコッとして頷く。村野専務もその流れで頷いた。

「雰囲気もよさそうだ。とりあえず長岡店長のところで使ってみたらどうですか。将来の店長候補生として」

と石山は嬉しそうに続けた。

こうして由佳の採用が決まった。書店社員・北川由佳の誕生である。

第二章　書店の現場で

4　デビューする

「おはようございます！」

颯爽《さっそう》とした由佳の姿が開明堂渋谷店にあった。

「お〜。来たか。北川さん。待ってたよ」

店長の長岡が応じた。あっ、前に会った人だ。

「北川由佳です。本日からよろしくお願いいたします。あの〜、面接の時にいらした方ですよね？」

「お〜元気な声だな〜。そうだよ。店長の長岡です。こちらこそよろしく」

「はい！　初日ということでビシッとした気持ちをお伝えしようと思いまして」

長岡がちょっと引きそうになった表情を感じ取り、慌てて由佳は笑顔をつくる。

「わかった、わかった。伝わるよ。え～こちらが副店長の小山英子さん。小山さんからよく教えてもらってください」

小山英子が近寄ってきて微笑んだ。

「小山です。北川さんね。よろしくお願いします」

由佳は、咄嗟《とっさ》に笑顔で小山の顔を見た。

四十代後半くらい？　仕事一筋のプロという印象。ちょっと美人。カッコいい女性だと思った。

「北川です。よろしくお願いします」

「既に本社の人からの説明は受けたの？」

「はい。就業規則とか会社の組織とか沿革とか……ひと通り」

「ロッカーは向こうにあるので案内します」

「よろしくお願いいたします」

「歩きながら言うけど、書店員の仕事の基本は三つなのよ。わかる？」

えっ、いきなり三つと言われても。

小山はちらっと由佳を見ながら続けた。

「一つは『接客、販売』、二つ目が『棚入れ、整理、返品』。三つ目が『発注』。ウチの店だとひとりひとりがすべてをやるの。体力がいるのよ。特に二つ目の『棚入れ、整理、返品』

は。しかも毎日。だから、ビシッとしたスーツとかヒールの高い靴じゃダメなのよ。わかる？」

小山の目線が由佳の靴に向けられる。そりゃそうだよね。立ち仕事だし、重い本も運ぶし、脚立に登ったりもする。

「はい。わかりました」

「朝礼で店長からスタッフに紹介があるから。あっ、それからこれ、あなたのエプロンと名札」

「ありがとうございます」

「そうそう、もうひとつこの『研修中』のプレートも胸に付けておいてね。当面は見習いですから」

「はい、ありがとうございます。よろしくお願いいたします」

早速、エプロンを着てプレートを付ける。

「お～、いよいよ本屋さんの店員さんだ！　書店社員・北川由佳！」

由佳は、改めて実感が湧いてきた。

「あっ、北川さん。レジから。初挑戦はレジです。でも、申し訳ないんだけど、いま私は急ぎで本社に送らなきゃならないメールがあるの。一時間ほどは売り場とか倉庫を回って、どこに何があるか見ておいてください」

エプロンと真新しい名札を付けて事務室に戻ってきた由佳に小山はそう言った。

朝の開店時刻から間がないということもあって、お客さんはまだあまりいない。由佳は店内の棚を見て回ることにした。書店員になったばかりだが、自分がお客の時とはこころなしか違った景色に見えるような気がした。


ドサッ。

通路を三～四歩くらい歩いたところで、棚の陰に隠れて半分だけが見えていたカートから何冊かの本が崩れてきた。由佳は小走りで近寄った。

「拾いま～す」

「あっ、スミマセン。今日はいつもより入ってくる本が多くて……」

「あの～。新しく入った北川です」

ちょっと気の弱そうな感じの狩野がいた。

「狩野です。ビジネス書担当の。あっ、スミマセンね。拾ってもらって」

「いえいえ、お手伝いしま～す」

「ビジネス書は新刊がたくさん出てくるので、入れ替え、返品も多くって。同じようなタイトルも多いし……。来週にはいま人気絶頂のブロガーさんが書いた本のサイン会とセミナーが開かれるので、平積みを増やしておかないとね。手早く作業をしなくちゃいけないんだ。いつもアタフタ。へへへ」

「……」

由佳は、狩野のいかにも草食系男子の雰囲気に何と返したらいいのか分からず、笑顔だけを返した。

「ビジネス書は旬なことが命なので、目に触れやすいようにしておかないとね」

「たしかに」

「あっ、急がなくっちゃ」

「ごめんなさい。これからよろしくお願いします」

「あっ、よろしく」

由佳はビジネス書はよく買って読む方だった。経済情勢や金融テクノロジーの本、経営の本……。ご多分に漏れずドラッカー本も好きなもののひとつ。書店に来ると欲しいものが自然に目に飛び込んでくるものなのだが、最近は書店に寄っても目に飛び込んでくるジャンルが違ってきている。そんなことで、由佳は自分の興味対象が変わったことに気づき、これも人生のちょっとした変化のあらわれなのかな……などと思う。


次の棚に来た。絵本の棚だ。一冊一冊を並び替えている女性がいた。

「おはようございます。今日から入った北川です」

「あ～はい。石丸です。北川さんは正社員入社？」

「はい……」

由佳は自分と同じくらいの歳かなと思った。ちょっと気のないような様子だったので、由佳は笑顔で問いかけてみる。

「絵本って子供たちがお客さまですよね？　なんかちょっと楽しいですね」

「そうなんですけど、買うのはその親ですから、お客さまはお母さん。お父さんもかな。孫にってことでお爺ちゃんとかおばあちゃんもお客さま」

「あっそうか〜」

「絵本って店によって売れ筋があまり違わないんです。だから、私にしてみれば楽なとこかなって」

「楽？」

「たとえば、この『ぐりとぐら』とか『ネズミくんのチョッキ』『百万回生きたねこ』なんて長年にわたってコンスタントに売れるロングセラー。だから、ビジネス書みたいにくるくる入れ替えしなくていいし」

そういえば、幼いころ父が読んでくれたことがあったっけ。『ぐりとぐら』は二匹のネズミの話で、たしか……帽子と服の青い方が「ぐり」、赤いのが「ぐら」。それ以外は外見では見分けがつかない。そうそう、ぐりとぐらの好きなことは、「おりょうりすること」「たべること」だったかな。そんなことをふと思い出した。最近はこういう本とはトンとご無沙汰だ。

「お客さまは、平日は教育熱心なママさん風の女性がひとりで来るってことが多いんです。土日は親子連れかな。『ママやパパも読んだ』は、お子さんにとって魔法の言葉なんですよ」

初めての相手なのに石丸は一気に説明する。自分の持ち場に自信があるのだろう。

「年齢的には三十代の既婚女性が多くて、知的水準も比較的高い。こっちも見下されないように……ってしなくっちゃ。だから、昨日今日のアルバイトには任せられない。経験のあるスタッフが担当するって意味があるんです」

と言って、自信いっぱいという雰囲気で身体を少しクネッとし、同時に首を回した。コリをほぐすように。

その身体をクネっとした仕草を見て、由佳は思わずクスッと笑ってしまった。

「可笑《おか》しいですか?」

「いえいえ、ナルホドな~と思って」

「あっ、それからコミックスも一応、担当。お客さま多いですよ。『ONE PIECE』とか二ノ宮知子の『のだめカンタービレ』とか」

「あっ、カバー表紙が各巻ごとに違う楽器になってるヤツですね」

由佳はとっさに記憶を手繰り寄せ、話を合わせた。

「そう」

「『NANA』なんかは二度も映画化されて、テレビアニメにもなったたし、『名探偵コナン』とか『ゴルゴ13』とかも根強いかな」

嫌いじゃないけど、そこまでは詳しくないので……。

「『ONE PIECE』なんか七十巻以上も出ていて。ただね、コミックスはシュリンク包装をするのでこれが手間っ」

「シュリンク？」

「あっ、ビニールみたいなフィルムで包んでいるでしょ。あれのことです。あれは、このお店の中で梱包してるんですよ。あそこに置いてある梱包機を使って」

「そうなんですか」

「私は、バイトで入って下積みをやって契約社員やっているクチだから、こういう作業はた～くさんやったんですよ。その頃からず～っと思ってるんですけどね……」

石丸がとっさに作り笑顔をしたように見えた。口元の笑顔は口の両端から頬にかけて引き上げることで、比較的簡単に作れる。でも、そこに笑っていない目が残れば気にもなる。

「袋に入れた状態で版元から出荷してきてほしいんだけど……。でも、一社だけ新談社さんのものは、予め《あらかじ》包んであるんです。だから、バーコードが外付け」

「へ～、コミックって大変なんですね」

「あっ、コミックとコミックスは一応、別っ。コミックスは、コミック誌に連載されたコミックの『単行本』のことなんですよ。ご存知でなかった？」

「ふ～ん」

興味深い話を聞けた。だが、自分の領分を本能的に守るような石丸の態度に、そんなに肩ひじ張らなくてもいいのに……と少しひっかかるものを感じた。

「北川さ～ん。北川さんですよね」

少し離れたところから小走りで近づいてきた声がした。由佳が振り返ると、アルバイトのスタッフだ。大学生？　マジメそうだ。

「はい、北川です」

「小山副店長が呼んでます」

「はい。すぐに行きます」

由佳は目の前にいた石丸に軽く会釈をし、事務室に向けて急いで歩き出した。

「えっ、これ知らないの？　売る本は読んどかなくっちゃ。本屋だろうが」

レジの隣のカウンターで、大きな声で怒鳴るように文句を言っている初老の男性がいた。少し頭が薄い。なにもそこまで怒鳴らなくったって。

「お客さま、申し訳ありません。当店にはまだ入っていないようでして……」

ロッカーで着替えをした時に挨拶したアルバイトだ。画面を見ながら申し開きをしている。

「じゃ、取り寄せといてよ。こんないい本、入ってないなんてね～。昔の開明堂さんではこんなことはなかった。ったく。こっちは、電車賃かけてきたのに。ないわけ？」

「はい。申し訳ございません」

そのアルバイトは、オロオロしている。

「開明堂さんなんだから……」

「はい。では、入りましたらご連絡申し上げますので……このご本ですと、スミマセンが、二週間ほどお待ちいただけますか」

「え〜そんなに！　時間かっかるな〜。出版社に取りに行けばあるんでしょうに」

「はい、取次さんの在庫状況にもよりますし、ちょっとそれ以上はなんとも」

たしかにそれしか言えない。

「最近は、ネットの方が早いんだよな。でもさ、オレは昔から開明堂さん一筋なんだから。浮気なしなんだよ」

「はい！　ありがとうございます」

「まあいいや！　じゃ頼むよ！　連絡ちょうだい」

「ありがとうございました」

深々と何回も頭を下げるアルバイトを前に、大きな声で文句を言っていたその初老のお客さまはなんだか満足したような表情で帰っていった。

ネットって言ってたけど、あのお客さま使えるのかな？　やらないね……きっと。でも、ああいう方も大切なお客さまだよね。そんなことを思いながら由佳は事務室へと急いだ。


「小山副店長、遅くなりました」

事務室に入って、息を切らしながら小山副店長のところに近づいた。

「あっ、北川さん。それで、店内はざっと見てみた？」

「はい。面白そうですね。これから先、いろいろな場面がありそうです」

「そうね。早く戦力になってもらわなくっちゃね」

「はい」

「まずレジから覚えてもらうつもりです。ただ、その前に明日イベントがあるので手伝って。資料のセッティングかな。ＰＯＰも増やさなくちゃいけないわね」

「セミナーは来週あるってお聞きしましたけど？」

「あ〜。最近人気のブロガーさんのサイン会とセミナーね。それはそれ、ウチでは毎週なにかをやることにしているの。だから、明日のはまた別なのよ」

「わかりました」

由佳は小山と一緒に作業机に移り、資料のセッティングを始める。ブロガーさんからの配布資料と渋谷店のリーフレットを袋に入れる。本を買っていただけた人優先で入場できるように、当日のレシートを提示してもらう。もちろん、当日以前のレシートでも構わない。だから、著者の顔を見てもらえて販売促進になるというわけだ。

「あの〜、小山副店長」。

作業をしながら、小山に声をかけた。

「なんですか？　あっ、小山さんでいいから」

「はい。では、小山さん。私が小さい頃の本屋さんって、お客さまが取り寄せ依頼をする風景をよく見かけたような気がします」

「そうかもね」

「当時は、取り寄せの役割って本屋さんにとって大きかったような。そして、少しくらい時間がかかっても、お客さまはそんなもんだと。でも、いまは取り寄せの時間も惜しくって、ネット書店に走っちゃう人が多い。実は私もそうなんですけど……。だから、わざわざ取り寄せでご注文くださるお客さまは貴重なんだろうなと」

「どうしてそう思ったの？」

「いえ、さきほどカウンターで取り寄せ注文のやり取りをしているところをちょうど見かけたというか……」

「そうなのよ、そういう客注のお客さまはとても貴重なのよ。わざわざ開明堂でと、指名してくださるんだから」

「でも、手間はかかり販売コスト的には合わないような」

「まあ、そうなんだろうけど、これはこれで有難いしね。北川さんは目の付け所が面白いわね」

「スミマセン。出過ぎたこと言っちゃいました」

そうなのだ。取り寄せの日にちが掛かってもわざわざ取り寄せご注文くださるお客さまは、有難い存在なのである。お客さまによっては、本を手に入れるための待ち時間から読む楽しみを味わうことになる。あたかも、料理をオーダーしてからテーブルにくるまで調理中の匂いを楽しむように……。必要な本をいつでも検索できて、しかも配達付きで買えるというネット書店の効率性が「本を手に入れる際の物語」を失わせているような気がした。

あっという間に初日が終わる。

ちょっと変わってるところもあるけれど、いい人たちでよかった。そんなことを思いながら帰り支度をする。小山が同じ路線だということで、一緒に駅に向かうことになった。

「店長候補募集ってことで応募したんでしょう。なんで店長候補募集だと思う?」

歩きながら、小山が話し始めた。

「いえ、具体的には。とにかくは頑張ろうと思っています」

「先代の社長が亡くなってから一時経営が厳しくなって。そして、緊縮経営というやつね。辞めていった人も多かったのよ」

「それは、聞いています」

「さらに、いまの社長が副社長時代から進めてきた小規模店舗の出店もあってね。人を振り向けていかなくてはならないし……そんなとこかな。北川さんにも期待がかかるということ。頑張ってね」

「はい。でも、書店の仕事は素人ですから、まずは覚えなくっちゃいけませんよね。よろしくお願いします」

「そうね、まずは実績。皆に認められるようにね。信用されてなくっちゃ信頼はないから」

「はい。頑張ります」

さすがの由佳も緊張のためか、いささか疲れを感じる。

帰宅し、ちゃちゃっと食事の準備をして食べる。長年の一人暮らしでお手の物だ。寝支度もして、ゆた～としていると高橋美咲からＬＩＮＥが来た。

「初日のご感想は？」

「いや～。疲れた。脚、パンパン」

「立ちっぱなしなんだ。それはツライね」

「ひざ裏を手で揉んでたとこ」

「で、いい男っている？」

「はぁ～、そこ？　それはどうかな。期待してないし」

「ふ～ん。それはつまらん」

「疲れたからそろそろ寝る」

「そうだね。じゃあね」

取り留めもないやり取りだが、由佳にとっては癒される。

「明日から頑張るぞ……」そんなことを呟いたような気がしているうちに、いつの間にか由佳は夢の世界に入ってしまった。

5　驚いたり、叱られたり、ムカついたり、感心したりする

開明堂で働くようになって一年半近くが経った。

由佳の今日の午後はレジ当番だ。初めてレジをやった時は緊張したが、すっかり慣れてきた。

「カバー、おかけしましょうか?」

「お願いします」

「はい。千六百二十円、頂戴します。カバーはおかけしますか? ポイントカードはお持ちですか?」

こんな感じが続く。

「小山副店長。修学社さんがお見えです」

呼び声が聞こえる。

「は〜い。そうそう、北川さんも一緒に来て」

小山が、由佳に声をかけた。

「はい」

「あっ、小山さん、北川さん、いつもお世話になっております。修学社の金子です」

「金子さん。こんにちは、こちらこそ」

入社して三年目って聞いてたっけ。まだ学生っぽさが残る青年だ。

「ご挨拶兼ねて新刊のご案内に来ました」

「ご苦労様です。え～っと担当を呼びましょう……」

「いえ、今日はご挨拶が主ですから。最近ベストセラーが少なくてスミマセンね。また、頑張りますので。あっ、今日は部長も来ています」

するど、新刊本が平積みされている棚の傍から、ナイスミドル風の男性が顔を表した。

「金子がいつもお世話になっていまして……」

「あっ。は、橋、橋元さん……えっ、部長？　ロマンスグレーになっちゃって」

横にいた由佳には、小山の目の瞬《また》きが心なしか多くなったような気がした。

「いや～小山さん。しばらく営業から離れていたんですけど、また古巣に戻ってきました」

「あ～、そうでしたか～」

小山の声がいつもより少し高い。

「また改めてゆっくり」

「は～い。では、引き続きよろしくお願いしま～す」

会釈をした後、橋元と金子は、売り場の中央付近に向けて歩いていった。

残された小山が落ち着かない。いつも凛としているのになんだか変だ。

「どうしたんですか？」

由佳は小山の顔を覗き込むように聞いた。

「えっ。幸治さん、あっ、橋元さんって昔よく来ていた担当さんでね、カッコよかったのよ。懐かしくなっちゃって……」

「橋元部長って、お名前は幸治さんっておっしゃるんですね。え〜小山さん、ちょっと慌てちゃってたような……」

「なに言ってるのよ〜！　もう〜北川さんったら。何もなかったわよ」

「ハイハイ、わかりました」

ふ〜ん。由佳はピ〜ンときた。そして、笑顔でもういちど小山の顔をそ〜っと見た。慌てた素振りの小山だったが、すぐに真顔になって由佳に説明を始めた。

「出版社の営業部の人はね、出版物の販促のために書店を回るのが仕事なの。自社の出版物を書店に一定期間並べてもらって売ってもらう。だけど、売れないとそっくり返本となっちゃうのよ」

「となると、できるだけいい棚に置いてもらいたい。書店に忘れられないようにするのが大切になるんですね」

「そういうことね。売れ筋とかのお客さまや私たちの反応も知りたいでしょうしね。出版社も競争が激しいから」

開明堂で働き出して一年半も経ったので、こうした事情は由佳でも知っていたが、黙って説明を聞く。ちょっと動揺した小山に合わせる。これも部下の仕事の一環です。気遣いってやつですかね。

「この他に、取次さんの担当の人も顔を見せるのよ。書店側からすれば、取次さんから売れっ子作家の新刊はできるだけたくさん回してもらいたいしね」

「そうか〜、どこでも営業は日々の努力と工夫ですね」

由佳はあえて興味深げに聞きながら、証券会社時代の営業との違いを思った。

するると、店長の長岡が呼んでいるというので、由佳はカウンターに戻る。

「気が緩んでるんじゃないのか！」

突然、由佳は長岡から厳しく叱られた。

「はい。申し訳ありません」

「どういうリョーケンなんだ！　前職ではどうだったか知らないが、ここではアナログな世界がいっぱいあるんだよ」

「はい、申し訳ありません。今後、確認をキチンとやります」

数日前、由佳は小さな出版社から出ているマニアックな本の取り寄せ注文を受け付けた。あいにくなことに、出版社名も由佳の記憶になかった。例によってお客さまから「そんなに時間かかるの？　面倒くさっ！」とキック言われたので、売り言葉に買い言葉。「四日ほどで入荷します！」と言ってしまっていたのだ。四日と言ったのはテキトー。それに、取次さんに一冊くらいあるだろうと勝手に思い込んでしまっていたからである。そして、発注手続きを淡々と行った。

その確認の電話が入って、たまたまカウンターの傍にいた長岡が取ったのだ。しかし、その本は発注してから到着までに十日〜二週間はかかる本だったので、端末上にはそのようにしか出てこない。だから、長田は端末の情報のまま答えた。しかし、お客さまは大激怒。

「北川とかいう人が四日って言って受けたんだよ。こっちも『本当？』と聞き直したんだ。ちょっとマニアックな本だしね。でも、断言された。だから、こっちはそのつもりでいるんだ。どういうことだ！」

という経緯らしい。長年のお得意さんで大口法人の総務部長さんだそうで……。

たまたま傍にいた石丸が、「たしか、補充予定のなかに一冊あったような気もする」とチラッと由佳を見ながらヒラめいたように言った。その言葉に反応して、長岡が追いかけるように大声で言う。

「さっさと入荷口のところに行って見張ってこい！　そろそろ届く時間だ」

由佳は入荷口にすっ飛んだ。だが、一時間ほど見張っていて調べたのだが、やはり注文の本はなかった。

「店長、ありませんでした。棚補充品にはなっていないようです」

すると、すかさず横から石丸がいった。

「そんなこともあろうかと、版元さんに直接電話してみました」

「えっ」

「あの版元さん、鉄キチさん御用達みたいな版元で、いつだったか鉄キチのお客さまからお問い合わせがあって覚えてたというか……」

「そうなんだ」

由佳はガックリと肩を落とすしかなかった。

「そしたら、やっぱり返本が出ていて。だから、そこから一冊だけ直送してもらうことにしました。明日には着きます」

「お～、それはよかった。さすが石丸さんは機転が利くね」

長岡が褒めた。ドヤ顔の石丸だったが、チラッと由佳を見たその目はいつになく厳しいものだった。

「石丸さん、助かりました。店長、申し訳ありませんでした」

由佳は悔しさで唇を噛みながら、深々と頭を下げて平謝りするしかなかった。

「よかったけど、俺が嘘ついたみたいになっちゃうよな。ったく。気を付けろよ！」

結局、そのお客さまは、別件で翌日の夕方来店された。

「お客さま！　なんとか間に合わせました。ご心配をお掛けしました。申し訳ございません」

まだ届いていないと思っていた本が目の前に示されたので、不思議そうな顔をしつつも、ひとまずは満足?していただいてお持ち帰りいただけた。嫌味の一言二言は言われてしまったが、それはそれで仕方がない。店長が怒るのは当たり前だ。

店長、怖かったな……。しっかりしろ、由佳！

さすがの由佳もガクッと疲れた。そして、石丸のあの厳しい視線には悪意というか敵意のようなものを感じたのが気になった。

ある日、棚の入れ替え作業が終わった由佳が脚立を片付けていると、二十代後半か三十歳くらいのちょっとイケメンの男性が店に入ってきた。スーツもキチンと着ている。しかし、少なくとも証券とか金融関係ではなさそう……と、由佳は思った。ゆっくり歩きながら棚を見ている。壁や天井も、そしてレジも……。怪しい……そんなわけないか。

「ねえ、ねえ。あの人、御曹司じゃない？　石山社長の」

児童書担当の石丸が、近くにいた別の女性アルバイトと囁《ささや》いている。

「あっ、そうなんですか」

「そうよ。石山社長の息子で、たしか石山将大さんだったかな～」

「石丸さん、詳しいんですね」

「まあね」

詳しいと言われた石丸が自慢気に微笑んだ。

石山将大は現社長・石山司朗の長男で、大学を卒業後アメリカに留学、その後、伝手もあってある総合商社に入社する。将大の祖父にあたる石山大一郎が亡くなった年に、開明堂に入社した。現場の勤務からスタートし、いまは本社勤務となっている。しかし、「開明堂に入ったものの……」「必要とされるのだろうか……」「将来の跡継ぎはオレでいいのか？」とくに、本社に移ってからはそんな気持ちを反芻することがよくあるこの頃だった。

「長岡店長は？」

その石山将大が石丸の目の前で立ち止まって聞いたと思ったら、いいタイミングで長岡が事務室からあらわれた。

「あ〜。ようこそ」

「いえ、ちょっと覗きにきました」

店内をゆっくり見回しながら言った。

「来店のお客さま、増えてきてるんですね」

「そうですね。特にこの時間帯はね」

長岡からすれば将大はかなり年下にあたるし、書店の仕事での後輩にあたるのだが、さすがに将大に対しては言葉遣いも選びがちになる。

「今日はサイン会もあると聞いていますので、そっちも見ていきます。それと近くの大手書店もこっそり覗いてこようかと」

「あっ、紀ノ川ブックスね。最近レイアウト変えたみたいだし、棚の数が増えたようですよ。この頃、ポイントセールを月に何回もやるんで強敵です」

「そうはいっても限界があるでしょう？」

「いや、ショッピングビルのテナントだから。ショッピングビルのカードのポイントをたくさん付けるっていう手法ですよ」

「なるほど、考えますね」

「今日の講演会とサイン会の会場はここ？　本社の営業推進部の石山です」

将大が聞くと、受付を担当していたアルバイトが答えた。

「はい。今日は三十~四十人さまがご来場されるかと」

「今日はちょっと見学ですので、どうぞ気にせずに」

そうこうしていると、本日の講師である著者の大辻があらわれた。

「あっ、大辻です。いつもお世話になっております。本日はよろしくお願いいたします。ここでは今回で三回目かな。私の本どうですか？　売れてます？」

「ええ、売れていますよ。今回、追加で多めに入れときました。平積みも目立つ棚です」

「それは感激ですね」

「先生のご本は、どれも分かり易いし人気ですよ。あっ、あとでＰＯＰにもサインお願いします」

「嬉しいな……」

大辻は、人懐っこそうな笑顔を見せた。サーモンピンクの上着が、オシャレでカワイイ。

「先生は固定ファンがとても多いですし、凄いですよね」

由佳が水を向けると、大辻が少しおどけながら応える。サービス精神も旺盛なのだろう。

「いや~、有難いことです。いまは著者もこうやって動かないとね。営業、営業。何事もマメな努力です。今日は、また面白いお話をしようと思ってますので、よろしくお願いします。折角《せっかく》ですからね。元気にやりますよ」

由佳は、副店長の小山とランチを一緒した時に聞かされたことを思い出した。昔と比べて最近は、作家さんたち自身が販促に熱心になってきたという。新刊を出すと、出版社の広告が出る前にＳＮＳに書き込む。また、書店回りも自ら行う。作家さんによっては、書店員と一緒に写真を撮ってすぐにＳＮＳで拡散する……という感じ。売上げランキングや書評、ブログに載る紹介記事なんかも気にしていて、その影響は馬鹿にできないものがある。作家と読者の距離が縮まってきている。そういう時代なのだ。大辻のような作家は、そうした存在のひとりなのかもしれない。書店としても、拡販につながるから嬉しい。

「では、長岡店長によろしく」

サイン会の様子を見ていた将大は、途中で帰るつもりらしい。その将大を由佳は呼び止めてみた。

「あっ、もう本社にお戻りですか？　売り場や棚の状況もご覧になりませんか。私、ビジネス書担当してるんですけど、ビジネス書の棚、少し工夫してみたんです」

「さっき見てきたから。売れ筋の品揃えのチェック済ませたし、もういいや……」

興味は、売れ筋の品揃えだけかい？

由佳は、自分が手掛けたビジネス書の棚づくりについて感想も聞いてみたかったので、簡単に無下にされたことにちょっとムッとした。

実は何日か前、由佳はいつまでも責任ある仕事をさせてもらえないことから、なにかのキッカケを掴めたら……そんな思いもあって、ライバル書店の池袋店を偵察しに行った。その時、その店の意図ある棚づくりの工夫や地域密着の努力に改めて気づかされていた。証券会社にいたころよくビジネス書を読んだのだが、欲しくなる本がたくさん並んでいる店と、欲しくならない本ばかりが並んでいる店とがあった。お客さまによっては「探しやすい」「探しにくい」程度の感想かもしれない。しかし、その違いこそが棚の作り方であり、書店員の日々の努力の結果が反映されるのだろうと思った。そして、担当することになったビジネス書コーナーに自分の考え方を入れることに着手していたのだ。

とはいっても、長岡からは例によって重箱の隅をつつくような指摘を受けてしまう。

「銀行とか証券とかの金融関係ばかりがお客さまじゃないからな。渋谷っていう地域性をもっと考えてみろ。まだまだだな」

挙句の果てに「君の趣味で並べりゃいいってもんじゃないのっ」とまで言われる始末。

そして、さらに追い打ちをかけられる。

「よく工夫した棚づくりができるのは、やっぱり石丸だな」

伝え聞いた石丸から、由佳は鼻で笑われたのだ。あからさまに「私はあんたには負けない」と言われたような気がして、悔しさが沸き上がる。

「ク〜っ！」

そんなこともあった後での将大の態度。由佳には、本社の営業推進部の人間である将大が、売れ筋の品揃えのチェックだけにしか関心がなさそうで安易な姿勢に見えたのが不満だった。書店は棚づくりが命でしょうに……。

6 平穏な中にもストレスが溜まる

由佳が開明堂で働くようになって二年が経っていた。

毎日の書店の仕事はあまり変わるものではない。書籍や雑誌を整理しながら棚に出す、新刊のチェックをする、追加本の発注をする、不要な本の返品をする、レジの接客、売場内での問い合わせへの対応をし、在庫の確認をする……。これらでかなりの時間が過ぎてしまう。また、出版社や取次の担当者と話し込むこともある。さらに、イベントの開催企画を考えたり、実際の実行を担当したりもする。著者が自ら来店して、自分の著書を紹介しにきた時への対応もある。アクシデント的なことはそう頻繁に発生するものでもなく、たいていは淡々と日々の仕事が過ぎていく。お客さまにとって、「知的な空間」を楽しむためにはこのように静かで平穏な環境というのは望まれるのだろう。

毎日がほぼ同じ行動パターンで平穏に回っているということは、ビジネスの仕組みが出来上がっているということである。これはこれでいい。しかし、こうした平穏に回っている日常のなかに、実はいろいろな問題やら課題やら、そして次につながるネタが潜んでいるものでもある。そして、それは往々にして気が付かないくらい小さいもの。お客さまの趣向やライバルの動向、立地の環境など、ビジネスを取り巻くものは常に個々に変化をしていっているからである。

ただ、毎日が平穏に回っている一方、由佳にとっては知らず知らずのうちにストレスが溜まっていた。それは、きつく当たってくる店長の長岡や、ふたりだけになるといつも敵意むき出しにしてくる石丸の存在も大きいのだと思う。


由佳は久しぶりに親友の高橋美咲を誘って、青山にあるスペインバルで待ち合わせた。

「わ～、リアルに会うのって久しぶりだね～」

先に着いていた美咲が嬉しそうに言ってくれた。

「そうだね～。たしかにリアルは久しぶり～」

由佳も笑顔で応える。

「このお店、ネットで調べたけど評判いいんだね」

「一度、来てみたいなと思っていたのよ～」

「さてと、オリーブ、ハモンセラーノ、タパスと……。いきなりワインで乾杯かな」

「そうね。あっ、パエリアは必須！」

「もちろん！」

まずはライトボディの赤ワインを注文した。

「じゃ、乾杯！」

赤ワインを口に含むとぱ～っと心地良い香りが広がり、そのあと苦味と渋味を味わう。その表現は、生地の肌触りに例えて「ビロードのような」とか「シルクのような」といった表現を使う。苦味や渋味といったものが味覚よりも触覚に近いから。そういえば、どこ産の

○○年ものの葡萄がよくて……なんて前職時代の気取った先輩からウンチクを聞かされたっけ。正直言ってウザかった。いまの私はそんなのどうでもいい。美味しければなんでもオッケーで～す。

「美咲、仕事はどう？」

「最近はＰＣ仕様よりもスマホ仕様のデザインの仕事が多くってさ、新しいことがドンドンって感じ」

「そうか～。時代はドンドン変わるからね」

「本屋さんの仕事はどう？　いい男とかできた？」

「いない、いない。相変わらず。アラサーを実感し始めているこの頃です」

「ちょっと壁だよね。若いってだけでちょっとカワイ子ぶってればモテるっていうオンナは卒業しないと。そろそろメイク更年期かな……と思いつつも、まだまだいけるよね？　アタシ達」

「アラサーって、これはこれでオンナの魅力に味が出るんだよね～」

「そうそう」

「味が出るのです！」

思わずハモる。いかにも楽しそうな由佳と美咲のふたり女子会。ワイングラスを軽く持ちながら一緒に笑った。女子会といってもいろいろで、心から楽しめる会とモヤっとする会に分かれる。仲良くもない女子たちに笑顔なんだけど虚勢を張り合う場としての女子会はやはり疲れる。その点、美咲とは肩ひじ張らなくていい。旧知の仲だし、心から楽しめてストレスが発散できる。

「最近、淡々と時間が過ぎていくような感じがして。慣れてきたからかな」

「採用の時の話では、店長候補じゃなかったっけ？」

「それがさ……。最近、コスト抑制の声が急に強くなってきて、新規出店とか改装とかも少し遅れているらしいって」

「へ～。本が売れないから？」

「そうね。来店のお客さま数はそんなに変わらないんだけどね」

「電車に乗っても本を読んでる人って本当に少ないよね。昔はオジサン達が新聞を器用に折り曲げながら読む姿が定番だったらしいけど、これは既に絶滅危惧種状態っ」

「たしかに、車内では大半の人がスマホかタブレットを見ている。それか、ウトウト眠っているかどっちかだよね」

「ホント、ホント」

ふたりは、頷《うなず》きながら笑い合う。ワインを一口飲んでグラスをテーブルに置いた美咲が、申し訳なさそうに言った。

「そう考えると、本売れないかもね。本屋さんって、儲かるビジネスじゃなさそうな……。あっゴメンね」

慌てて美咲が謝った。

「でも、由佳さ～、いまのままでいいの？　手っ取り早く成功してセレブになるには、投資、起業、発明とか。それか、玉の輿？」

「う～ん。セレブか～。そうだね～」

「……でもね、本を読む人はいなくならないと思う。たった一冊で、自分が体験しなかったことや他の人が持っている知識に触れられるんだよ。素敵なことでしょ。利益率、高くない業界だけどさ。セレブはともかく面白そうなのでもう少しやってみようかと思ってる」

　由佳が、ちょっと考えてから気持ちを伝えると、それを聞いた美咲はふ～んという顔をした。

「本屋さんで働き始めて二年だっけ？　ちょっと変わったね、由佳」

　そういえば、以前の由佳は成功すること自体を目指していた。目的が成功だったくらいだ。最近は、いまの生活に馴染んできたからなのか、それが少し違ってきているようだ。

「証券会社にいた時、アナリストの人からよく聞かされたのよ。『市場変化への適応のみが成功を保証し、不適応は企業の衰退を招く』とかって」

「変わっていかなくっちゃダメってことでしょ？　人も企業も変化なくして成長なしって」

「うん。ところが、多くは変化への適応ができないで衰退していくんだよね」

「大学時代の授業でも似たようなこと聞いたことがあったような……。私、よくわからなかったのでその科目の成績はやっとこさだった。たしか、Ｃだ」

「ふたりとも経済学部卒なんだよね。一応！」

笑い合っていると、ふたりのテーブルにパエリアが運ばれてきた。

「きたきた。わ〜、美味しそう」

「いっただきま〜す！」

久しぶりに盛り上がり、思いっきりストレス発散の女子会だ。


しばらくたったある日、由佳は開明堂の本社会議室にいた。『新ビジョン会議』の初回ミーティングである。

そう、オバケの石山大一郎がこの日の夜、由佳の前に現れるのだ。この会議の様子を見ていて憑いてくることに……。しかし、この時点で由佳はまだまったく知らない。


オバケの大一郎と遭遇した翌朝、由佳は少し寝不足気味で目が覚め出勤したためか、ボ〜っと昔の自分のことを考えていて電車を乗り過ごしてしまった。なので、出社がギリギリになっている。

「おはようございま〜す」

「おっ、今朝は、なんか疲れてるか？　昨日の、『新ビジョン会議』で張り切り過ぎたのか？」

と店長の長岡が聞く。

「いえいえ、大丈夫です！」

「それとも、彼氏でもできたか？」

「それって、セクハラですよ！」

「お〜、スマンスマン」

長岡は手を慌てて振って笑いながら、朝礼の集合場所に向かった。

「オバケのことなんて誰に言っても笑われるだけだよね。やっぱり夢だったのか。あ〜あ。でも、ちょっと寝不足〜」

呟きながら、由佳はエプロンを着ける。

「さっ、とにかく今日もお仕事です。今日は新刊本の追加発注が多いはずだ」

そして、「よしっ！」と軽く気合を入れた。

それと、今日は店長の長岡にある企画を提案するつもりだ。すでに小山副店長には相談し、「店長に言ってみたら。私からも言っておくわよ」と賛成してくれていた。

いま渋谷は、電鉄会社グループが先頭に立って渋谷大開発計画が進んでいる。渋谷駅周辺は観光施設整備、利便性向上、オフィスや住居の拡充などの相乗効果によって、独自のポテンシャルがさらに引き出されるに違いない。より多くの人を惹きつけながらも、個性的な街になりそうだ。由佳は、開明堂渋谷店もその一員として、渋谷に関する書籍やこれからの生活スタイルなどの書籍やグッズを集め、展示やイベントなどもできたら面白いと思った。題して『生まれ変わる渋谷フェア』をやろうというプランである。

昼の空き時間、長岡に時間をもらい提案してみる。しかし、反応は悪くないのだが、スグには結論を出してもらえない。

「そうだな。目の付け所は面白い。ちょっとオレが預かっておくから」

由佳は企画を聞いてもらえたことで、とりあえず気持ちが納まった。


その夜、由佳は仕事も終わって、帰宅し美咲にＬＩＮＥする。

「元気？」

「快調。由佳は？」

「元気。美咲はオバケって信じる？」

「どうした？　急に」

「いや、読んだ本でそんな話があってさ」

由佳は、とっさにごまかした。

「な～んだ。私は見たことないけど、いるんじゃないの」

「いるんだろうね」

「見えやすい体質の人というのはあるらしいよ。そういう人が大きいストレスが溜まってたりすると、さらに見やすくなるとか」

「え～。そうなんだ」

「そうそう、オバケを見やすい人にはシナモン好きやカレー好きが多いとかいうらしい。こないだ映画で見た」

「シナモン、私、好きだよ」

「オバケの話なんかもう嫌。悪いけど、今日はオシマイ。おやすみ」

「ゴメン。じゃ、おやすみ」

美咲に嫌がられてしまった。ゴメン。

気になってネットで調べてみる。あった。やはりストレスとシナモン。とくに、シナモンには精神が敏感になる作用があるということになっているらしい。嫌なこと知っちゃったよ。

そんなことを思っていると部屋に人の気配を感じた。後ろを振り向くと……。

「ギャッ！　いた！」

オバケの大一郎がいる。しかし、今夜の由佳は昨夜ほどには驚かない。

「やあ、こんばんは由佳君。昨夜はどうも」

大一郎が物静かに言った。

「もう、ここには来ないでって言ったでしょ」

眉をひそめながら、由佳はキッと唇をきつく結んだ。警戒と拒否の気持ちが表れる。

「まあそう言いなさんなって」

「私は、毎日仕事で大変なんですから、お帰りください」

「開明堂の業績、良くないんだろ」

「オバケさんには関係ないでしょ。もうこの世にはいないんだし」

「そうでもないさ、アタシが創業したんだぞ。気にならんでどうする」

「それはそうかもしれないけど。本物の石山大一郎さんならね」

「本物だよ」

「そうかな」

こんなことを話しているうちに、由佳にはこのオバケがカワイく思えてきた。

「本当に前社長なんですよね？　本当にオバケなんですか？」

「だからそうだって言ってるじゃないか。おやっ？　やっと信じる気になれたかな」

「若い女性の部屋なんですからね。早く帰ってくださいよ！」

「こっちはオバケなんだから、君に魅力は感じても悪いことはなにもできんから。だから大丈夫」

オバケの大一郎が神妙に言う。真面目な顔つきで背中を少し丸めている。

「そういうことじゃなくって！」

そういった途端、由佳は可笑しくなって吹き出した。母が大好きだったオバケのQ太郎を思い出したからだ。あんな感じかな。毛が三本。いや、このオバケの大一郎には、毛がまあ普通にあるか……なんてね。

「あ～、ようやく認めてくれたようだね」

大一郎も、頭に軽く手をやりながら微笑んだ。

「認めたわけじゃないんですけど」

由佳が話しかけ始めた。

「実は私、開明堂に入る前、石山前社長のインタビュー記事とかＴＶ番組に出演された時の話とかをよく読んだり見たりしてたんです」

「ほ～それは嬉しいね。で、結構いけるチョイ悪オジサンだったろう？」

「そうですね。でもオバケじゃね」

「それは言わんでくれ。それと、前社長はやめてほしいね」

「じゃ、どう呼べばいいんですか？」

「そうだな、大さんとか。大さまとか。あっ、オバケの大ちゃんとか」

大一郎はお茶目な表情でちょっとお道化《どけ》ながら言った。

「え～それはちょっとね。私、あなたの彼女じゃないですし～」

「そうかそうか。じゃ、会長でどうだ？」

「会長～？　う～ん、亡くなられた時、会長だったわけですしね。まっいいか。会長っ！」

「ハハハハハ」

気がつくとふたりは揃って笑っていた。

由佳は不思議な気持ちだった。早くに亡くなった父親が娘のところを訪ねてきたような、そんな錯覚めいたものも感じるのだ。

「お茶入れましょうか？」

由佳がいきなり聞いた。

「いやいや、ありがとう。でも、アタシはオバケなんで……」

「そうでした。そうでした」

「で、どうなんだ、将大とは」

今度は、大一郎が聞く。

「将大さん？　冗談じゃないですよ。あの人って頼りないし、あまり感じよくありません」

「それは、あの会議室での印象からだろ？」

「それはそうですけど。第一に、向こうはなんとも思っていないと思いますよ」

「まあ、そうかもしれないが、いいと思うな。考えてやってくれ」

「そんな話をするんだったらもうお帰り下さい。明日も仕事あるんですから」

「わかった、わかった。ではな」

するとと、昨夜と同じように、耳元で空気を切り裂くような音がして……消えた。やはり、足からスポンと本棚の中に吸い込まれていったように見えた。

第三章　異動へ

7 勝って大きくなり、負けて深くなる

それから二週間後の渋谷店。

朝礼で長岡店長から『生まれ変わる渋谷フェア』を実施するという発表があった。内容は、由佳が少し前に提案したものと大差がなさそうだ。しかし、その後の長岡の話に由佳は耳を疑った。

「このフェアのリーダーは、石丸さんにやってもらうことにします。石丸さん、これまでの経験とか思っていることを活かしてがんばってください。皆さんの協力もお願いします」

集まっていたスタッフから拍手が起こる。

だが、由佳は驚いていた。

「えっ、私の企画。なんで？」

頭に血がのぼるのがわかる。ちらっと長岡と視線が合った。が、すぐにその視線を避けられた。

朝礼が終わって皆が持ち場に散っていく。

やっぱり言う！　由佳は事務室に入っていく長岡と小山を追いかけた。ふたりの足が速く感じる。負けじと由佳の歩幅も広がる。

「長岡店長！」

「お〜、なんだい」

「フェアの企画のことなんですけど」

「お〜、来たか。まあここに座って」

長岡は小山と一緒に近くの打ち合わせ用のテーブルについた。案の定という顔をしている。ちょっと小憎らしい。朝礼の直後でもあり、事務室にはほとんど人がいない。朝の定例業務に回っているのだろう。

「あの企画、先日私が提案したものですよね。企画を認めてくださったのは感謝していますす」

「いい企画だよ」

「でも、提案者であり正社員でもある私がリーダーをやるのはダメなんですか。なぜ正社員ではない石丸さんがやるのかわからないです」

由佳は長岡と小山に対して精一杯の不満をぶつけた。

「石丸は優秀だ。あいつにやらせてみようと思うんだ。小山さんも賛成している」

「でも……」

「あっ、それから石丸は来月から正社員になることになった。だから、契約とか正とかは問題ないだろ?」

「……」

「北川、君がいい企画を出したことは評価する。ただし、それを誰がやるかどうかは別だよな。適切に判断したつもりだ。小山さん、あとは頼みます」

それを言われてしまうと由佳は、言いようがなくなる。長岡は席を立った。

小山は由佳を連れて別の小部屋に移る。

「あのね、北川さんの気持ちよくわかる。自信作の企画ですものね」

「はい。小山さんもいいっておしゃってくださってました」

「もちろん、いい企画だと思ってるわよ。よく勉強してたことも知っている。タイミングも悪くないし……」

共感してくれているのか、慰めてくれているのか……。

「はい、ありがとうございます」

「でもね。石丸さんって自分なりの棚づくりのノウハウとセンスもいい。お客さまからの情報収集能力もきちっとしていて。真摯な仕事ぶりはさすがだと思うの」

それはそうかもしれないけど……。

「そう。接客のプロ意識っていうか、棚づくりが命のこのリアル書店で期待したいって思えるの。だから、今回は石丸さんにやってもらう。あなたはいい企画を立てたことは事実。店長も評価している。今回の件はそれでいいんじゃない」

「は〜」

「どんな企画でも、実施されてお客さまに響かないと……。仕事は一人じゃ回らないってこと。チームワークね。わかるわね？」

「はい……」

由佳は、胸の内に湧き出た怒りを覚えながら、不承不承の返事をした。お腹からの大きな呼吸で、鼻から吐き出す息の音を自分で感じる。その日の由佳は、石丸の声も聞きたくなかったし、力が抜けたような一日だった。


その夜、不貞腐《ふてくさ》れ気味で自分の部屋にいると、気配がして大一郎が現れた。

「なんだか機嫌が悪そうだね」

「そんなことないですよ。ちょっと疲れてるだけですから」

「昼間、面白くなかったことがあったんだろう？」

やはり大一郎は昼間のこと知っているのか。面倒だ。

仕方なく由佳はフェアのことを掻い摘んで話した。

「そうか……、それはヒドイ話だ。落ち込むよネ」

と大一郎は大きく頷いて共感してくれる。

「でしょ。ヒドイですよね」

「たしかにひどい。君のアイディアだからね。よくわかる。長岡も長岡だ」

「でしょ」

「でもな、よかったんじゃないか。君の企画は実現するんだ。君にとっては挫折のような屈辱かもしれないけどね」

そうか……。やっぱりそうくるのか。

「そうだ。考えてもみなさい。これで石丸さんの実力も分かる。そして、彼女のいいところも吸収できるかもしれない。クリエイテッドバイ北川ってことは皆知っているから」

「はい」

「だからこれはこれでいいんだよ。今も昔もね、挫折が人を成長させるんだ」

言われながら、由佳はだんだん落ち着いてきた。由佳の表情の変化を見計らったように大一郎がぽつりと言う。

「勝って大きくなり、負けて深くなる」

しばらく沈黙が続く。長い沈黙のように感じた。

由佳のうつむき加減だった顔がようやく上がる。吹っ切れたのか……。

「わかりました。石丸さんの良いところだけを見るように心がけてみます。嫌なところは無視する」

「そうだ、わかってるじゃないか。いい子だ」

したり顔の大一郎。

由佳は話題を変えようと、とっさに思いついて問いかけた。

「それより、なんで開明堂を始めたんですか？」

「お～、急にどうした？」

会社のトップは自分の会社のことを聞かれるのが一番嬉しい。まして創業者である。

「だって、私ここで働いてるんですよ。しかも、店長候補とかいって採用されたんです。いつのことかはわかりませんけど……。書店経営ということにも関心がありますからね」

いけない、いけない、将来、独立することもありなんてことは口にはできない。

「ほ～。独立して書店経営なんかも考えてるのかな。将来」

大一郎が、ニコッとして聞いた。

「えっ、いえいえそんな……トンデモナイ」

なんで？　ひょっとしてオバケって考えていること読み取れるの？　ヤバっ、由佳はドキッとした。

「そうだな。開明堂はアタシが三十九歳の時にいまの渋谷店から少し離れたところで始めたんだ。昭和五十一年。え～っと一九七六年か」

私、まだ生まれていません。影も形もない。

「実は、本屋で始まったのではないんだ。雑貨、まっ、アイディア品を中心に集めたお店だね」

「アイディア雑貨とかユーモア雑貨と呼んでいた」

「どんなもの？」

「ヨソの追随を許さないほどの独自な雑貨だな。実用新案が結構あった。面白い！と思ってもらえて、ちょっとしたプレゼントに喜ばれるとか。そういうものを選ぶということで、ちょっと鼻が高くなるようなそんな雑貨だね。ワクワクする雑貨かな。ユニーク＆アバンギャルド感を徹底的に求めようと思ったんだ」

「というと？」

このアバンギャルド（avant-garde）とは、「変革を求める芸術精神」や「革新的な芸術活動を行う人」という意味だ。主に芸術の分野での先進的な表現やそれを生み出す人のことを「アバンギャルド」というようになった。新しい概念・先駆的なものを追求するというイメージを打ち出そうとした。大一郎は、こんな内容を得意げに説明した。

「面白いですね」

「だろう。たちまち大繁盛となった」

「へ〜」

「それまでに事業には二度も失敗してきたからな。今度こそと思って始めたんだよ」

説明に力が入っているのが伝わってくる。

「それが、なんで本屋さんになるんですか？」

「その頃から世の中の価値観が多様化してきていて、そのトレンドとかスペックを消費者としての読者に紹介し提案するという雑誌が出始めてきた。いまに続く女性週刊誌・ファッション雑誌が始まっていたんだね。初めて手にしたときは衝撃的だった。これだっ、と思ったね。だから、雑貨だけでなく時代のユニーク&アバンギャルド感を追求するために、本を扱いたくなったのさ。まず雑誌からだね」

身振り手振りを交えながら実に楽しそうに話す。オバケであることなど感じさせない。由佳は、ドンドン聞き入った。すると、ますますしゃべりが止まらない。自分のやってきたことだ。聞いてもらえるというのはどんなに嬉しいことか。由佳は、勉強になると思いしばらく聞くことにした。

「渋谷には既に老舗書店が存在していたからね。繁盛している大きな書店が何店もあった。こっちは後発だから、ユニークな切り口とならざるを得ない。これが逆に受け、棚の扱い方の工夫やイベントの活用に力を入れた」

「ふ〜ん。私の知らない時代だし、面白いですね」

「八十年代に入ると、雑誌は一種の広告媒体の要素を強く持つようになった。消費社会の到来だな。雑誌の黄金期なんじゃないか」

「書籍は？」

「雑誌でお客さま層を引きつける。そして、次に書籍の棚づくりだ。だから、書籍の品ぞろえもその頃は専門書とか児童書とかは弱かったかもしれない」

「いまとは随分違いますね」

「そうだね。いまのような書籍・雑誌・雑貨・文具といった総合的な書店になれたのは、雑誌の伸びにうまく乗れたというのが大きかったと思っている。環境がよかったのも幸いして、広げることができた。だから、あちこちへの出店も増やせたというわけさ」

「それがいまの多店舗展開になっているということですか」

「そうだな。でも、バブル崩壊後、状況が変わってくる。雑誌の扱うテーマが身近なものに変化してきて……。二〇〇〇年代に入ると雑誌も休刊が増えてくる。書籍も売上が減ってきてね。時代が変わってきた。全国的にみても本の売上は九六年がピークじゃないか。それでも、こうやって開明堂はやれているんだから大したもんだ」

「う〜ん、大成功の立志伝ですよね」

一息つく。ようやく棚においてある時計を見た大一郎が言った。

「おっ、もう遅いぞ。由佳君、明日も仕事だろ。もう寝ろ」

「そうですね。面白かった。また続きを聞かせてくださいね。あっ、寝室は覗かないでくださいよ」

「わかってる。わかってる。また会おう」

「はい、会長っ。おやすみなさい」

ボワーっとしたような音の気配がした。気がつくと、大一郎の姿は消えていた。

「目が冴えちゃって……」

などと言いながら、由佳は寝支度に入ってベッドに潜り込むと、あっという間に眠ってしまった。

翌々日、由佳は公休日だった。石丸のことは忘れようと心に決めた。

入社した時に会社から渡された沿革などが書いてある解説書や創業社長の自伝や著作のページをめくる。さらに、過去のインタビュー記事などをネット検索して探して調べていく。前職時代、こうやって法人顧客向けのレポートを書くために資料を読み漁ったことを久しぶりに思い出した。

開明堂が一代で多店舗展開を行うようになった経緯を読み直してみた。なによりも大一郎の地道な努力と、そしてその大胆な発想と行動力が原動力。そしてその豪快でユニークなキャラクターもあって多方面に顔も売れ、そのことが開明堂の知名度アップに一役買うことにもなったことがわかる。

「私が入社しようと思ったのも、この影響のひとつってことだよね」

資料を読みながら由佳は独り言をいった。

次に、事業の数字から取扱内容を見てみる。

開明堂の雑誌の扱い比率が、他社よりも比較的高いことが目についた。たしかに、日本全国の出版物の売上は一九九六年にピークを迎え、その後は毎年減少をしている。その一九九六年までの売上拡大に大きく寄与したのは雑誌でもある。とくに、一九八〇年代はそれが大きい。開明堂は書籍の伸び以上に拡大した雑誌の伸びを大きく取り込んできたのが特色。現社長が副社長時代から力を入れて拡大させてきた小型店舗では、この雑誌のウエイトが一般店舗よりも高いことが見て取れた。

出版科学研究所のデータを見ていて、由佳はあることに気がついた。

「コミックスが書籍ではなく、雑誌にカウントされている」

ここで気にしたいのは、週刊のものや月刊ものではなくコミックスと呼ばれている単行本のことだ。雑誌として集計されている数字からこの単行本コミックスを差し引くと、さらに落ち込みが大きいことが分かった。

このコミックスを除いた雑誌の大きな落ち込みは、どこからくるのだろうか。

別の見方をすれば……

「コミックスは単行本になっているのだし、これを書籍の一部としてカウントしたとすれば、書籍全体の落ち込みは雑誌ほどではないという計算になる」

いずれにしても、由佳にはこの雑誌の大きな落ち込みが、開明堂全体のうち特に小型店の収益に大きく影響を与えている可能性があるような気がしてきた。

だとすれば、中長期でみた場合の手の打ち方は、コスト削減・効率化だけでは事足りないはずである。しかし、先日の『新ビジョン会議』でもそうだが、これまでやってきていることをさらに効率化しよう、さらにそこにおける無駄を減らそうという発想の延長線上にしかないだけなのではないか。創業以来の成功体験に固執してしまって、お客さまの状況変化とズレが生じているような……こんなことを思わざるを得なかった。『成功は失敗の母』……これが脳裏に浮かんできた。

気がつけば夜になっていた。由佳は夕食を作り、ひとりで食べているとまた気配がした。大一郎だった。


「おっ、こんばんは」

「やだ〜、いまお食事中です」

いくらなんでも、遠慮ってないの……

「いやいや、お気になさらず。どうせなにも食べないから」

「気にしますよ」

由佳は、そそくさと夕食を済ませた。

「お待たせしました！」

「うん。アタシは匂いがわからないからな。でも美味そうだった」

「それは可哀想ですね。で、こないだの続きですか？」

「そうだな。どこまでいったかな」

「九十六年の出版のピーク以降の話を少しというところでしたか」

「そうそう。で、アタシは、『社長は三十年。次に譲る』と決めていたんだ」

「なんでですか？」

「会社は、どんなによくても三十年でひとつの時代をつくって次の時代に移っていかなくてはいけない。アタシの信条みたいなものだな」

「企業三十年説ですね。企業の寿命は三十年という」

「さすがだね、由佳君。それだ。明治時代から創業百年に及ぶ上位百社であっても繁栄を謳歌できる期間はわずか三十年に過ぎないという説だな」

「実は前職時代にその説を教えてくれたアナリストがいましてね……。技術革新などでビジネスモデルが古くなるため、モデル転換できないと時代についていけず、取り残されて寿命が尽きる。というのもあれば、一つの事業に固執し環境の変化に適応できないと衰退し、没落していく……と。実際、そういう会社を目の当たりにしたことあります」

これは、企業の栄枯盛衰を分かつ法則として一九八〇年後半に流行った。ひとつの事業にこだわり続けると、そう遠くない将来に衰退し、没落していく。限りある寿命を延ばす唯一最大の方法は変身であり、その基本条件は働く人間が仲良しクラブではなく、その組織がどう変わるか。それには、リーダーたる経営者の人間的な努力が大きい。いまの時代にそのまま適応するかどうかは別にして、変身・変化の必要性はいつも同じなのだろう。

「昔、ある大学で経営学をやっている先生に顧問になっていただいていたことがあった。その先生が言ってくれたアドバイスのひとつ。で、それ以来、ず〜っと心の中で決めていたのさ。三十年を区切りにしようってね」

「創業社長ですし、なかなかできないことですよね」

大一郎は、頷きながら続けた。

「後継者はふたりいたんだよ。アタシの頭の中にはね」

「おふたりですか?」

「そう。ひとりは息子の司朗。現在の社長だ。もうひとりは、村野専務」

「村野専務……。お顔は存じ上げています」

「あいつは、優秀だった。アタシが五十七歳の時に、スカウトしたんだ。準大手の不動産会社で開発部門のマネージャーをやっていてね。たしか、当時四十歳かな。いわゆる不動産屋っぽくない奴で、頭もいいし行動力もアイディアも凄かったので口説いたんだ。当時のデベロッパーはどこも大変だったから、あいつにとってもちょうどいい転機になったのだろう」

「そうだったんですか」

「バブルが崩壊してから後の波を乗り切って、むしろ逆手にも取ることができた。いまの開明堂の底堅さというか基盤を固めてくれたのは事実だね。ビジネスセンスも凄い」

「……」

「でも、あいつも欲がないって言えばウソになる。しかし、その欲が志ならいいんだが、野望を感じる」

「野望?」

「だから、後継にはしなかった。信用はできても信頼しきれないといったところかな。本人は、一時その気になっていたかもしれないけど」

　過去の実績からは信用できる人物であっても、その人物に未来を託すことができるのかどうかはわからないということなのだろうか。大一郎はそう判断したのだろう。

「で、現社長は？」

「司朗は、実の息子だ。だから可愛い。奴は大手出版社勤務を経て二十六歳の時、開明堂に入社した。社長就任は四十九歳の時だ。まっ、手堅い実務派だな。社内の小さい情報も丹念に集め、ゆっくりでもコンセンサスを作って進めていくやり方だよ。おう、そうそう溜息もよくつくな。そういう奴は小さいのさ。器が」

「ご自身の息子さんですから厳しくなるんじゃないですか？」

「アタシが積極策を採ろうとすると、いつも慎重意見を言うんだ。いつもだぞ！」

「それはご心配なさってのことでは？」

「そんなこと言ったって！」

　大一郎の声が少し大きくなった。

「素敵な社長さんだと思いますよ。私には。社内の評判で悪い話も聞かないですし」

「要するに、大いくさを経験していない。だから、戦時の舵取りには不安がある」

　余計な戦いは避ける……というのもありのような気もしますけど。

「とにかくだ、まあアタシも当分はいるのだしということで、その安定感を買ったのさ。少なくとも変なことはやらんだろうと……これは言える」

「随分厳しいんですね。でも身内に対してだから、それくらい厳しい方がいいのかもしれないですね」

「ただ、アタシが急病で死んでしまった後、まあいろいろあってな。司朗はそのゴタゴタをうまく捌いてくれたんだ。あれには感謝している。大変だったと思う。よくやってくれた。なかなかのものだ」

「えっ、会社オカシクなったんでしたっけ？」

「いやいや、そういう直接的なことではなく、まっ、アタシも付き合いもいろいろと広かったもんでね」

広いお付き合い？　大一郎は、少し決まりが悪そうに頭をかきながら言った。

すると、由佳がすかさず大きな声を出した。

「あっ、わかった！　さぞかし、オモテになったんでしょうからね〜」

「へへへ」

「へへへ、じゃないですよ！」

由佳は真顔で大一郎をにらむ。大一郎は身体を竦《すく》めたが、スグに気を取り直して由佳の顔を見た。

「それはそうとしてだな」

えっ、話を逸《そ》らすの？

「いまは心配だね。業界の環境は大きく変わってきているにもかかわらず、それを乗り越えていけるかなって」

「そんな〜」

「それから、将大ね。優秀な孫だ。司朗より優秀だと思う。しかし、帝王学として知識も詰め込んできたのだけれど、とにかく気が優しすぎて迫力がない。非情になれないところがな。まだ若いから人生の目標が定まり切れていないのかもしれん。本屋はやりたくないと言っていたんだが、なんとか後継にできないかと思ってね」

たしかに、あまりエネルギーがあるようには見えないかもしれない。

大一郎は由佳の言葉が耳に入らないように続ける。

「由佳君、将大とコンビになれば両者のいいところが活きると思うけどな。だからどうだ。将大と結婚してやれよ。あいつは女性を大切にすること間違いなしだよ」

「またその話ですか。それはお断りします」

私にも選ぶ権利というものがありますんで……。

「まあ、考えておいてくれ。後悔はさせない」

「あらっ。もうこんな時間！　もう〜また長話になっちゃいました。そろそろ休みたいのでお帰り下さい！」

「そうだな。またにしよう」

ボワーっとしたような気配がした。気がつくと大一郎の姿は消えていた。

創業オーナー社長というのも大変なんだ。いわゆるサラリーマン社長とは違う。考えてみれば自分の人生そのものが事業である。それくらいでないとできないだろう。退く時も退き方も難しい。家族のことも気になるだろうし……。将大と結婚？　ナイナイ、絶対にムリ。ムリだって……と呟く。

そして、ようやく寝る支度を始めた。明日からまた仕事がんばろう。


それから一か月が経ち、『生まれ変わる渋谷フェア』の準備は進んでいった。由佳の意識が変わったことを察知した石丸と石丸の力を認めた由佳は、新しい関係になっていた。

「石丸さんって細かいことにもよく気を配れるんですね。そして幅も広い」

「北川さんは他の業界経験があるから、私の知らない分野のことも教えてくれて勉強になる。ありがとう」

こんな感じ。

不思議なもので、由佳の「いいところだけを見て、嫌なところはスルー」の姿勢が石丸にも伝わるのだろう。少し前のふたりとは全く違っている。共感し合いながら、互いに知識を増やしているようだ。

由佳の様子をみていた長岡が言った。

「北川、変わったな」

一般的に女性は、小さい頃から複雑な人間関係を読み解き、お互いの表情や感情を気遣いながら「共感関係」を構築し、維持する訓練を自然とやって努力をしている。それは、男性より長けているようだ。最適解を得るために、選択肢を並べて協議したがる傾向の男性ではなかなかこうはいかない。

　めったに褒めない長岡が、由佳の良いところを褒めてくれるようになった。

「急に褒められても気持ち悪いですよ。店長」……なんて軽口をたたく余裕まで出てきた由佳の姿を傍で見ていた小山も、若者たちの成長が嬉しく、また頼もしいと思った。


　この一か月の間、大一郎は週に一度は現れたが、ある時を除いて特段の長話ではなく短い時間で消えていく。

「元気そうだな。じゃっ、また」……といった感じ。

　フェアのことを契機に、由佳が少し成長した姿をみていることが心地よかったのかもしれない。軽い話を二言三言する程度で、大一郎は笑顔で楽しそうに頷きながら消えていった。

由佳は、いつの間にか大一郎に馴染《なじ》んできていた。

　ある時、由佳が大一郎にこんなことを聞いた。

「会長の奥様はどのような方だったんですか？」

　大一郎は、一瞬戸惑いながらも途端に相好を崩し嬉しそうに答えてくれた。

「うん、頭のいい誠実な女性かな」

「会長の奥様ですものね」

　大一郎夫人は、未亡人になってしばらくしてから、それまで夫婦で住んでいた一戸建てを引き払い、司朗社長が住む家の近所にマンションを求めそこに住んでいる。書を読み、句会に出かけヨガも続けている。伴侶を失ってもまだまだ健康そのものだ。

「なれそめは？」

「いや〜、それ聞く？　ちょっと照れ臭いな」

あっ、オバケのくせに顔を赤らめちゃうんだ。

「妻は元気でいるらしいね。アタシがいなくなってから、人生を謳歌しているんだろう」

由佳にどう話そうか考えている。そして、ようやく話し始めた。

「妻、淳子といいます。淳子はある人の娘で……」

そりゃそうだろうけど……。

「アタシは日用品を取り扱う店で少し修行をしていたことがあるんだ。そこのお店に出入りしていた問屋さんの社長の娘」

「そうなんですか」

「で、その社長がアタシを気に入り、なにかと面倒を見てくれた。そして、見合いのような形で淳子に引き合わされてね」

「そしたら一目惚れ？」

「そう。何度か会ううちに、結婚を意識するようになった」

大一郎は恥ずかしそうに頭を掻いた。

「修行先のお店で新店の店長をやらないかという話が出るタイミングでもあった」

「へ～」

「実は、それまでに結婚しようってお互いの心のなかで思っていた人がいた。幼馴染《おさななじ》みでね、眞理子さんといいます」

「ん？」

「アタシも忙しい毎日だったし、手紙のやり取りはしていたんだけど、だんだん疎遠になってね。だから言い出せないまま……」

「その方、いまは？」

「ある人と結婚して幸せに……」

「ご存知の方なんですか？」

「まあな。よくご存知だ」

「それ、ちょっとヒドくないですか～」

「まあ、まあ、そう言わないで。人生いろいろってことでな」

大一郎はシミジミと言ったが、それ以上は話そうとしなかった。へ～、「いろいろ」あるんですね。由佳は凄～く大切な一面を聞いてしまったような気がした。

8「内なる効率化」の果て……

そんなある日の夕刻、由佳は町田市にある開明堂町田店に向かった。『新ビジョン会議』で知り合った町田店の黒谷沙紀に会うためだ。

人の数、凄っ！　町田駅に降り立った途端にその雰囲気に驚く。小田急線とＪＲ横浜線の二路線が乗り入れ、両駅併せて一日平均四十万人以上の乗降客がいる。開明堂の町田店は駅前の大型商業施設の並びにあり、もともとは大手都市銀行の店舗だったが、閉鎖された支店の跡地を手に入れたものだ。

「来ました！」

由佳が、黒谷を見つけて声をかける。

「いらっしゃいませ！」

黒谷は、嬉しそうに応えた。

「初めてこの街に降りたんですけど、ビッグターミナルだな～。活気が凄～い。立地というのは大切ですよね」

由佳は道行く人の流れに目をやりながら言った。

駅前には大きなビルが立ち並び、大型店が林立し、古くからの庶民的な商店街や若者向けの店や飲食店も数多くひしめき合う。

「書店って結局のところ、お客さまに来ていただくところだから」

黒谷は興味深そうに人の流れを見ている由佳に向かって言う。

しばらくして、由佳は店の中の棚に目を向ける。興味津々だ。

「渋谷店とは棚の感じがずいぶん違うよね～。児童書とかコミックとか参考書も多いような気がしますね」

「そうね、やはり少し違うかも。郊外型だし、地域性というのは大切だから。どうぞ心行くまでご覧になってくださいな」

「はい。そうさせていただきます。黒谷さん、仕事あがったらゴハン食べに行こっ。棚を見学しながら待ってま～す」

一～二時間ほど経っただろうか。

黒谷のあがりとともに、近くのお店に場所を変えた。ちょっとお洒落なダイニングバーという感じのお店だ。チーズのいい香りがする。店内は女性客の方が多い。

「よさそうなお店ね」

「たまに来るのよ」

野菜とチーズを使った料理がお奨めらしい。そこで、まず野菜のパフェつきチーズフォンデュを注文。ソースは選べるので、イタリアンバジルと黒トリュフをチョイス。あとはリゾットとサラダあたりを……ということにする。

オーダーを済ますと、まず由佳が話し出した。

「黒谷さんはいつからなんですか？」

「学校卒業してから小さな広告会社に勤めたんだけど、倒産しちゃって、開明堂には契約社員でもぐり込めたの。そして、一年前に正社員になったんです」

それぞれに事情がある。

「いまは、ここでの毎日の仕事が面白いのよね。楽しくやらなくっちゃ損でしょ」

「そう、仕事もプライベートも！」

「だから、楽しくやるためにもいい加減な仕事は嫌なのよ。楽しくといい加減は違うと思っているから」

「それはそうね！」

そんなことを話しているうちに、テーブルにはスパークリングワインが来た。

「お近づきに」

シュワシュワ～！という泡の音とともにふたりの「乾杯！」の掛け声。

グラスには、下から上へときらめく細かい泡とともに、かぐわしいワインの香りが漂う。ちょっとリッチでエレガント！　ふたり女子会の最初の一杯に相応しい飲み物で一気にテンションが上がる。

「こないだの会議、あれで意味あるのかしら？」

黒谷が問いかけた。

「そうだよね。各店の人たちの意見に対して、あの部長とか他の本社の人が合いの手みたいに言ってたのがね、なんだかな～って思って」

「どんなとこ?」

「たしかに、私たちは愚痴みたいなことばっかりだったかもしれないけどさ」

「うん」

由佳は、さらに一口飲んでから続けた。

「これまでの経緯もある……とか、規則がそうなっているとか、それは前にも検討したけどだめだったとか、前例がとか、取次さんとの関係からいってとか、人事制度が変わらないと……とか。そんなのばっかりじゃん」

「挙げ句の果ては、実績を出してからにしろみたいな」

「そうそう。今回は、そこまではなかったけどね」

「結局のところ、コスト削減と効率化ばかりでいいのかしら……」

「本を好きな人はたくさんいる。でもね、その本の楽しみ方や本以外の媒体も昔とは大きく違ってきてるしね」

「電子書籍だってバカにできないし」

「そうそう、コミックスとか雑誌ってウチのドル箱だけど、友達なんかから聞くと結構電子書籍で読んでる人いるのよね」

ここまで言って、由佳はちょっとため息をつく。

由佳のその姿を見て黒谷が続けた。

「電車乗っても、周りはスマホかタブレット見てる人ばっかり。ゲームしてる人も多いけど」

「そうなのよ。これは明らかに、市場構造が変わってきている。にもかかわらずと」

「なになに？　難しいこと言い出しちゃって？」

黒谷がちょっとだけ眉をひそめた。

「いえいえ、前職が前職ですので、ちょっと硬いことで。ゴメンゴメン。いつも、ウチの店長にも叱られているんだけど」

「そうだった、由佳さんってあのローマン・ブラザーズ出身でしたよね」

「そうそう。でも、見事に潰れました！　いまは、本に囲まれた仕事の方が私には幸せなの。昔から本好きだし」

ほんの少しの間があいて、またどちらからともなく話し出した。

「彼氏は？」

「そうよね。男日照りが続いてま〜す」

「そうか。ちょっと安心。というか安心しちゃいけないいか」

ふたりは大きく頷き合って笑った。

そして、運ばれてきた料理を口に運ぶ。よく食べてよく喋るのが女子会である。すると、由佳が真面目な顔で言う。

「あの会議で進行役やってる、あの〜」

「御曹司？」

「そうそう、あれにはちょっとがっかりしちゃったな」

「由佳さんもよく言ったよね。でも、あの人、エネルギーがあるのかないのかよくわからない感じだった。頭はよさそうだけど」

「海外で勉強してきたらしいし、知識は豊富なのかもしれないけどね」

「まあ、跡継ぎは無理じゃないのって噂聞いたことあるよ」

「ふ〜ん。そうっか。少なくともタイプじゃないいな」

「そうよね。でも案外？」

「変なこと言わないでくださいな。あり得ません！　黒谷さんこそ？」

「嫌だ〜。ムリムリ！」

ふたりの食事会は楽しく続いた。


この一か月の間に『新ビジョン会議』は二回ほど開かれた。毎回、同じような愚痴と言い訳めいた話のオンパレード。さすがの由佳もいささか面倒になってきていた。進行役の将大は相変わらずの調子である。三回目の会で決まったことは、次のようなものだった。

『無駄の撲滅』

『ミスの撲滅』

『あらゆる行動にコスト感覚を持とう』

『お客さまに笑顔を』

なんだか交通安全のスローガンみたいだ……。

店に帰ってきた由佳は、長岡店長に会議の報告をする。

「そ〜んなもんだろう」

副店長の小山英子からも同じような反応が返ってきた。

「そんなところかな。さっ、新刊の整理まででしょっ！　急がなくっちゃね」

要するに誰も期待していないということなんだね。そうなのだ、誰も気にかけもせず、目先のことに没頭してるだけ。それで追われてしまい時間が過ぎていく。結構忙しい。毎日お客さまもちゃんと来てくださるし、それなりには売れているしな〜。

帰りの電車の中で由佳は車窓に映る車内の風景をボンヤリと見ながら思った。

これって、会社が老化しているということなんだろうか？

人間は残念なことに必ず老化し、やがて死を迎える。しかし、会社は永続するという前提で運営されているのでなかなか気がつかないが、会社の組織も経年とともに老化してしまう。人間が年齢を重ねるごとに、活性酸素による細胞の傷が増えていくのと同じように、会社も成長に伴い組織の中に余分な要素が増え老化するのだ。前職時代にそういう会社をたくさん見てきた。

会議で上の人たちが言いたかったのは、「業績がよくない。何とかしよう……」。そういう時ってやはりどこでも同じなのだろうか。直近の業績を向上させたいという時、考えられる施策としては、当然「売り上げを増やす」か「コストを減らす」かのいずれかになる。しかし、この両者というのは実のところ、非対称的な議論であるということに気づいている人は意外に少ない。

コストは「今、あるもの」であり、発生することがほぼ確実に読めるものである。これに対して売り上げは「今、ないもの」であり、発生することが読みにくいものだ。業績不振に陥った会社はまずコストダウン施策から着手する。このふたつについて議論すれば、たいていの場合「コストダウン施策」がわかりやすいので先に決まる。しかし、今ないものに関する施策は「時期尚早」とか「検討課題」とか「努力しよう！」となって、曖昧なままになってしまうことが多い。いま見えないものは、具体的でなく分かりにくいからである。前に進むことは曖昧になり、目は内だけに向かって……。すると、さらにコストダウンを強化する……という悪循環に陥っていく。そういえば、勝又部長はミーティングの場で「時期尚早だな」「今後の検討課題だな」をよく使っていたような気がする。


その日、由佳は三軒茶屋駅で降り自分の住むマンションに帰り着くとすぐ、学生時代に読んだ一冊の本を本棚から引っ張り出した。

「あった、あった。これだ、これだ」

そこには、『成功は失敗の母の時代と基本課題』とある。市場環境変化とそれに対応した企業変化のプロセスが説明されていた。

この頁には由佳が線を引いた鉛筆の跡がある。日頃の由佳は本を読む時、読みながら線を引くタイプではないので、よほど印象深かったのだろう。前職時代もこのくだりを思い出して使ったことがあった。随分前に書かれているはずなのだけれど、改めて新鮮に感じる。

> 多くの企業は、ビジネスを進めるための最も効率的な仕組みが完成されるように一心に邁進する。それが成長である。しかし、それがいったん出来上がると、その仕組みをベースにさらに邁進していこうとする。だから、基本的な仕組みには手を付けず、その方向にとって不合理で非効率的な部分をさらに改善、修正しながら進んでいく。いわば「内なる効率化」とでも呼ぶ次元から抜け出さないものとなる。

いつまでも市場環境とか競争条件が同じなら、これなんだろうけどね。

そう、市場の環境が変わらないという前提ならば、これはこれで素晴らしい活動だ。しかし、時間の経過とともに、世の中はどんどん変わっていくし人の考え方も変わっていく。だから、この「内なる効率化」を進めるだけでは結局のところジリ貧になってしまうのだ。

開明堂もご多分に漏れずそのようなところにいるのではないか。そして、実は会社の老化が進んでいるのではないか。だから、閉塞感のようなものがあるのではないか。由佳はそう思った。

「うわ〜ぁ。もうこんな時間だ」

気が付けば二時に近い。

由佳は改めて、「う〜ん」と頷きながら今夜は寝ることにした。

9　えっ、異動！

この日はちょうど雑誌の発行日が集中する日なので、開店前から大騒ぎで雑誌の入れ替えと棚揃えを手伝った。三か月ほど前に補充したアルバイトが、急な風邪ということで休むと言ってきて、その遣《や》り繰りもしなくてはならない。最近は、このアルバイトのローテーション管理も由佳に任されるようになっていた。

前職時代は、こういうことで頭を悩ますことはなかったがここではそうはいかない。また、アルバイト同士の人間関係の調整もいろいろと気を遣う。

午後になって棚の整理をしていると、呼び出しがあった。店長の長岡が由佳を呼んでいるらしい。

う〜ん、またなにかドジったかな……。由佳は棚の間の通路を急いだ。

「お〜。北川。異動だ。本社の営業推進部へ」

「えっ、異動ですか？」

「そうだよ。現場感覚のある奴がほしいんだって。再来週から移れとのことだ。こっちは困るんだけどね。戦力だし」

「……」

「『新ビジョン会議』、あの時にでも目を付けられたんじゃないか。まだまだ鍛えたかったけど、まあいいじゃないか。頑張れ！」

長岡は、由佳の肩を軽く叩くような仕草をした。いつもの長岡とは違って、随分と顔が優しい。すると、近くにいた副店長の小山も笑顔で声を掛けてくれた。

「よかったじゃない。書店員として一人前になってきたし……いい機会じゃない」

「でも、は～、わかりました」


二週間ほど前に、時間を戻す。

石山司朗は社長室にいた。営業推進部への異動候補者のファイルが社内ネットワークで送られてきていた。開いて閲覧するところである。

「この二名の内どちらかでいきたいのでお決めください」

人事担当者からの但し書きがあった。

『新ビジョン会議』に参加している者の中から、選ぼうと思っていたので、そこから絞られてきたのだった。

その二名は、武蔵小杉店の男性社員と渋谷店の北川由佳。司朗には甲乙つけ難い二人だ。正直言ってどっちでもいいかと思いつつ、武蔵小杉店の男性社員を選ぶ気になっていた。ところが、ここで不思議なことが起こる。

なぜか、急に背筋が寒くなって……。ふわっと風が通ったような気がしたのだ。

「なんだろう?」

理由はわからないが、これがきっかけとなったようで気持ちが変わったのだ。

「渋谷店の北川にしよう」と思い直し、そしてすぐに北川由佳のファイルにOKサインを付けて返信した。こうして、由佳の営業推進部への異動が決まった。


翌週、由佳は渋谷店のメンバーから壮行会を開いてもらった。皆、別れるのを惜しがってくれたが、ただ、石丸だけは少し違った反応だった。

「いつだったか、取り寄せでクレームになったことあったでしょ。あの時、補充リストにあったはずって言ったの覚えてる?」

そんなことがあったっけ。由佳が、ちょっとトイレに立って石丸と一緒になった時、石丸にそう言われた。

「あの時の本は、棚補充品になんかならない本。だからリストに載ってるはずないいんだけど、ちょっと言ってみただけ」

「え〜、そうだったんだ」

「現場の知恵というか現場の苦労というのを知ってもらおうと思って。正社員で入って日の浅い北川さんにね」

こういうのをマウンティング（mounting）というのだろう。ナニここで告ってるのヨ。

とはいえ、ここは大人の対応を……と。

「そうでしたか……。でも機転を利かせてもらったので助かりました。結局」

「お店のお客さまを失うわけにはいかないしね」

「……」

「でもね、ゴメンなさい。私あの時はまだ正社員になってなかったしね。とにかく、正社員さんになんとかして差し上げようと……フフフ」

またまた、マウンティング。正社員になったということをワザワザ暗に触れなくったっていいのにね。ふ～ん。そういうことですか。

「いえ、私もわかってなかったから」

由佳が応えると、石丸は作り笑顔で右手を左右に振りながら言った。

「いいのいいの。いまはお友達でしょ！」

そして、一瞬おいてさらに言う。今度は真顔だ。

「でも、私、あんたにだけは絶対負けないから。本社だかなんだか知らないけど、私は早く管理職になってみせる！」

お～、なにこの真顔は。それでは、と由佳も応じる。

「私もがんばる！」

親しく話せるようにはなったけど、これはいい意味でライバルということなのだろうと由佳は思うことにした。

マウンティングの進化系として、フレネミー（frenemy）というのがある。フレンド（friend：友）とエネミー（enemy：敵）で作られた造語だ。「友達だと思ってたのに……」というヤツ。しかし、石丸の場合は自分が優位に立ちたいという意識が背景にあるだけで、それ以上でもなさそうだ。フレネミーの特徴は、利用価値がある人間に友達のふりをして近付き、「相手の人間関係を支配しようとする」点にある。そこまではない、と由佳は思った。

「ビルは違うけど同じ渋谷だし、また来るね」

石丸のことは渋谷店でず〜っと頭痛のタネのひとつだった。その石丸と毎日顔を会わせなくなると思うと、なんだか少し身体が軽くなる気がするというのもちょっぴり本音でもある。なにはともあれ、由佳にとって渋谷店で過ごした時間は大きなものを形成する場所になったことはたしかだ。

今年の夏も連日三十度超えの猛暑が続いている。由佳の出勤時にはヒグラシがカナカナカナと大合唱をしていて、耳に痛いほどの甲高い鳴き声は眩しい陽ざしとともに暑さを倍増させる。

「よろしくお願いします」

由佳は渋谷にある開明堂書店本社の営業推進部にいた。

「や〜。北川さん。よろしく頼むよ。現場感覚を活かしてくれ」

あっ、部長の勝又さん。以前、『新ビジョン会議』に出ていた……。

すると、近くにいた山碕和代が声をかけてきた。

「北川さん。席はこちらですよ」

「はい、ありがとうございます。北川由佳と申します。よろしくお願いします」

「山碕です。よろしくね。私、ここに来る前は横浜駅西口店にいたんですよ」

「あっ、そうでしたか。よろしくお願いします」

顔は笑顔だが、山碕なりに気を張っている様子だ。三十歳後半くらいだろうか。独身？　まっ、そんなことはどうでもいいか。良さそうな人だしね。

「こちらは石山さん」と山碕は反対側に座っていた男性を指した。石山将大だった。

「よろしく」

あっ、御曹司。

「北川です。よろしくお願いします」

「はい」

軽く会釈程度に頭を下げていると、抑揚の少ない返事が返ってきた。

「ん？　なんか嫌そうですね。僕と一緒じゃ」

「イエイエ、そんな……」

由佳は「あなたのおじい様から聞いていますよ」とは言えないので、ちょっともどかしかった。

「まあ、ここでは大した仕事ないよ。でも、まっ、頑張ってください」

由佳はこうして将大と一緒の場所で仕事をすることになった。

その夜、食事を終えて帰宅し、シナモン入りの紅茶を飲んで寛《くつろ》いでいると、気配がする。

由佳はその気配が何の気配か覚えてしまっている。

「会長でしょ？」

例によって大一郎が現れた。そして、由佳が愛想笑いをしながら言う。

「今夜はぜひお目にかかりたかったんですよ。ですから、お待ちしていました」

「おや？　期待されているとは嬉しいね」

と、大一郎は、笑顔ながらも少し身構えた。

「あの～。私、今日から本社です。なぜ異動になったんですか？」

由佳は、ちょっと睨みつけるように大一郎に問いかけた。

「えっ、なんのことだい？」

「トボケないでくださいよ」

「え～？」

「なにかご存じですよね？」

「いや、あの～」

大一郎は、シドロモドロになっている。

「まあ、いいじゃないか」

「やっぱり知ってたんですね。まさか、なにかヘンなパワーを使ったりとか……してないでしょうね！」

由佳は完全に詰問フェーズである。

「由佳君のそういうキツイところがいいね。魅力的だ」

大一郎はタジタジになりながらも一種の心地よさのようなものを感じていた。

「ったく。誤魔化さないでください」

「まっ、ちょうどいい。毎日、将大にも会えるしな」

「それ？　関係ないでしょ」

「そりゃそうだが……。本社の仕事も勉強になるぞ。席も将大の隣かな」

「勝手なことを」

「どうやら今夜は形勢不利だから、さっさと失礼するよ」

例によってボワーっとしたような気配がして、気がつくと、大一郎の姿は消えていた。

「ああっ〜、逃げられた」

残された由佳は、力が抜けたようにソファーに座り込んだ。

でも、考えようによっては、書店の本社での経験って得難いものがあるかもしれない。

店長になるにしても将来独立するにしても、無駄な経験はないから。ただ、あの御曹司はちょっとね。引っかかるものがあるなぁ。

第四章　本社営業推進部で

10 ヒントは現場に。役割は見つけるもの？

営業推進部での仕事が始まって一週間が経過した。

販促支援、事業計画、新店開設計画、宣伝、マスコミ対応、提携会社との折衝、新事業の企画立案……と書くと多方面に活躍する部署というイメージになる。しかし、実態は何でも屋。少ない人数で回している。

由佳は自分がどうすればいいのか見当がつかない。

「あの〜。私は何をすればいいのでしょうか？」

思い切って勝又に聞いてみようとするが、忙しそうにしていて問いかけるきっかけがなかなかない。

この日のランチは、近くのコンビニで買ってきたお弁当を会議室で食べることにした。山碕和代と一緒になったので切り出してみた。

「私、ここで何をやればいいんでしょうか？　勝又部長からは特に指示もないし……」

「そうね。まずは自分で考えてみることよね。私もここに来た時そうだった」

「え？」

冷たいな〜山碕さん。

「山碕さんって以前は横浜駅西口店にいらっしゃったんですよね？」

山碕がお弁当を広げ始めた。曲げわっぱの弁当箱に詰めた手作りだ。塩鮭と豚こま酢豚……。オレンジと緑の色合いが多いおかずが、凝った飾りはしていないのに「美味しそう」と思わせる。由佳は自分のコンビニ弁当とそれとなく見比べて羨ましくなった。

「そうよ。もう三年になるかしら」

「横浜駅西口店って書店激戦地のひとつだし、お客さんも多いですよね。お店の業績もいいって、渋谷の長岡店長からよく聞かされました」

横浜駅の周辺地区は商業ビルが林立し、横浜最大の繁華街だ。開明堂の店は、この西口地下街の一画にある。

「そうね。でも、入った頃の店長が厳しくってね。叱られてばっかり」

「へ〜。そうなんですか」

「お前に任せられない。とか、こんなの当たり前だろとか。褒めるってことが滅多にないのよね」

「長岡店長もそうです。ウチの伝統なんですかね？」

「そうね。これは、先代の社長が厳しく育てるという人だったからかな。厳しくして、いろんなことを試させるのよ。すると失敗もする。するとまた叱られるって……」

「やられる方はきついですよね」

　由佳はちょっとため息をついた。それに構わず山碕の話は続く。

「そうよね。でもね。失敗をして問題を起こした人は役に立つって。問題を起こさない優等生はいざというときに役に立たないのだと思うの」

「ふ〜ん」

「問題を起こすことによって課題が浮き彫りになるしね。課題がわからないと、問題がないように見えて実は問題が慢性化しているからなんだって、当時の店長に言われた。病気だって慢性病の方が本当は怖いってことあるでしょ。急病は対処がスグできる」

「一理ありますね」

「まあ、店長も前社長の請け売りなんだろうけど」

　その頃を思い出したのだろう。山碕は笑った。ここでも前社長・大一郎の影響は大きいようだ。

「へ〜そうなんですか。長岡店長も影響されてるんですね。きっと」

「でもさ、叱られてばかりだとやっぱり滅入るよね」

「そうですよ！」

すると、山碕がそうそうといった素振りをした。

そして、思い出したように話を続ける。

「入社して三年目だったかな。出版社の営業さんに『面白い本ないの？　たとえば女の子が憧れるようなウエディングの本とかさ。ドーンっと持ってきてよネ』って、会うたびに言ってた。そしたら出たのよ～」

ここでドヤ顔。そして、一拍間をおいてからさらに続く。

「となれば、自分で何回もプッシュしてきた手前、ガンバルしかなくなっちゃってね」

「売れたんですか。たくさん？」

「置いとけばいいって話じゃないでしょ。店長にかけあって、入り口付近を割いてもらって特製ＰＯＰも作って大々的に多面盛りにしたわよ。イベントをやったり、商店街の掲示コーナーにポスターを貼ったり、とにかく派手にと……。多めに入れた本だし意地でも返本したくないってね。も～う、タイヘン。そしたらなんとっ」

山碕はここでテーブルをポンと軽く叩いて、焦らすように一拍間をおいた。講談師じゃないんだから。

「どうだったんですか」

「へへ、全～部、売れちゃって。お店の売れ筋ランキング、三週連続で一位になりました。出版社からは偉い人まで挨拶に来るし。たいして売れないだろうって思ってたのよ。ゼッタイ」

「凄～い！」

由佳は、目を大きく見開いた。

「そしたら、店長は『いろんな準備、ガンバってやってたよな』って、大ホメでね」

「へ〜」

「いつもキツイだけなのに、急にホメるなっッ〜の」

「そういうのってやっぱり自信につながりますよね」

「嬉しさも大きくなるってとこかな」

自慢話……。でも、これもこの人の自信の素なんだと由佳は思った。努力だね。やはり、褒められると嬉しいというのは誰でも共通する。

「で、その後しばらくしてから営推に来たのよ」

「その頃、勝又部長は厳しかったですか？」

「いえいえ、厳しいというよりまずは勝手に考えろって感じ」

「やっぱり」

「細かいことや単純なこと、当たり前のこと、そんな日々のことをじっと見てみたら？　その中に本質があると思うの」

「へ〜。山碕さんって凄いんですね」

「いえいえ」

山碕は近くに置いてあったペットボトルのお茶を紙コップに注いで口にした。

「北川さんは、例の会議で結構発言してたらしいじゃない」

「お聞きになったんですか？」

「ズケズケ言う奴がいるんだって、石山将大さんから聞いた。ちょっとボヤいていたって感じかな。やられちゃったって。でも、それはきっと北川さんの問題意識が高いからかもね」

ズケズケだって……。ちょっと恥ずかしい。

「いろいろ違った視点で見てみたらいいんじゃない」

「はい」

「ウチのお店は首都圏中心に七十店舗、そのうち小型店が三十あるよね。そこにそれぞれの頑張り方があるでしょ。健闘している店のノウハウを共有することもあるよね。それと、反対に上手くいっていない店の状況を把握してその原因を見てみるとか。ヒントはいっぱいあると思う。いろいろと仕事が出てくるわよ。そうすると、自分の役割も自然に見えてくるわけで……」

「現場にヒントか。『役割』は見つけるのですね」

由佳はぼんやりとしたものが少し晴れたような気がした。

11 問題の指摘ではなく、何ができるかを考える

翌週、資料の整理をやっていると部屋に将大が入ってきた。なにかの印刷物の束を手にし

ていた。この部屋のキャビネットに運び込みにでも来たのだろうか。

「おっ、北川さん。作業中お邪魔するよ」

「いえ、もう終わりますから」

「ところで、いつぞやの会議、ほら『新ビジョン会議』では厳しいこと言われちゃったね」

由佳は慌てて、応える。

「あっ、スミマセン。ついつい出過ぎたこと言ってしまいまして」

「いや、あの時の僕はやられちゃったよな。でも、北川さんいいこと言ってた。うん」

将大は、自分で言って自分に頷く。

「とんでもない」

「ところでさ。北川さんってなにをやりたいの？」

「はっ？」

なに？　なにを言い出すのだろう？

「なにができるの？」

「……」

「どうありたいと思ってるの？」

立て続けに聞いてくる。

「渋谷店から来てさ、どうしたもんかな～って、考えているんじゃないかな」

どう答えたらいいのか。答えようがない。

「なにせ、お店とはリズムが違うんで」

「渋谷店で頑張ってたって聞こえていたよ。あそこはウチの原点みたいな位置づけの店だしね。勉強になっただろう？」

「はい。そうですね。いいお店です」

「こないだも言ったけど、ここは大した仕事はない。でも、やりようによっては重要になると思うんだよね」

　ここは本当に面白くないところなのだろうか？　それは捉え方の問題だろう。そうだ、捉え方を考えることからやってみよう。


　帰りの電車に乗るため駅で電車の到着を待っていると、美咲からのＬＩＮＥが来た。

「帰り道？」

「そう、電車待ってるとこ」

「どう御曹司？」

「う〜ん。？？だね」

「？？」

「どうありたい？とか、なにがやりたい？とか聞いてくるの」

「ちょっと哲学的〜」

「茶化さないでよ」

「ゴメン。でも、それって本質を言ってるかもって、思ったりして……。意外と奥の深い人なんじゃや?」

「そうかな」

「こっちは、ちょっと行き詰まり気味」

「美咲の仕事って、技術とセンスが要るからね」

「また、青山でゴハン食べよう」

「いいね」

「じゃ」

あの御曹司、ヘンな奴と思ったけど、いいこと言ってくれたのかもしれない。「私に無駄な給料を払っているほど会社は甘くないはずだし、ここはここでの期待のされ方があるということだわ、きっと」と由佳は妙に納得した。

その後、由佳がそろそろ寝ようかと思っていると……気配がした。大一郎だ。

「やあ、こんばんは」

「もう寝るとこなんですけど!」

「いや、すぐ帰るよ。将大とは話ができてるか?」

仕方がない、ちょっとだけつき合うか。でも、疲れているし、早く帰ってほしいんだけどね。

「今日はなんだか哲学的な感じのこと言われました」

「哲学的？　あ〜、どうありたいか？とかなにをやりたい？ってやつだな」

「そう。でも、なんでわかるんですか？」

「そりゃ、アタシには、透念気ってやつがあるからね」

「透念気？　なんだか知りませんけど、便利なんですね」

透念気とは、目に見えないものを見る力のことだ。ただ、それは超能力のようなものではない。自分に起こった様々なことの過程を考え、周りの人々の気持ちを読むことで、多角的に感じ取る力である。注意深く生きている人であれば、大なり小なり備わっているものだ。

「将大もいいこと言うじゃないか」

「そ〜ですか〜？」

「渋谷店とは勝手が違うだろうけど、由佳君、君ならきっといい仕事ができると思うよ」

「そんな根拠のないことを」

由佳は頬をほんの少し膨らました。

「今日は二つだけ教えておこうか。『本質は小さいことのなかにある』と『無駄な経験はない』だ」

「『小さいことをバカにするな。改めて見てみろ』、『無駄なことに意味を見つけよう』ですか？」

「そんなところかな。開明堂の仕事の流れの全体を君なりに見るいい機会だな」

「はい、はい」

「それと、将大の嫁ということもな」

「え～、またその話ですか。その話は結構です。ではおやすみなさい！」

「楽しみだな。じゃまた……」

ボワーっとしたような気配がして気がつくと、大一郎の姿は消えていた。


「吉祥寺店の視察にいくので一緒についてきて」

ある日のこと、山碕から声をかけられた。

そういえば、町田店の黒谷とゴハンを食べた時、「吉祥寺店大健闘」の噂を聞いたことがあったっけ。その時は興味を覚えたのだけれど忘れていた。

「はい、行きます！」

由佳は考えるまでもなく即答した。

京王井の頭線で渋谷から吉祥寺に向かう。学生時代に何回か行ったことのある街だ。吉祥寺駅近くの井の頭恩賜公園にも行ったっけ。デートでそこの池のボートに乗ると、そのカップルは別れるというジンクスがある。公園に祀られている弁天様が嫉妬するからということらしい。都市伝説なのだろうけど、そう言われてみれば、やっぱり……。由佳は、学生時代の淡いデートを思い出し、山碕に気づかれないように苦笑いした。

ほどなくして電車は吉祥寺駅に着いた。吉祥寺店は駅北口側の商店街を約二百メートル歩いたあたりにある。アーケード街は古くから続く商店街で、ありとあらゆる種類の店が所狭しと並んでいる。活気もあり、庶民的な雰囲気が感じられる街だ。行き交う人の数も多い。吉祥寺が街としての人気が高いのも、閑静な住宅環境とこうした庶民的な雰囲気が、共生しているのが大きな魅力のひとつなのだろう。

「こんにちは」

山崎が声をかけた。

同じ開明堂のお店なのに明らかに雰囲気が違う。「接客はエンターテインメントだ」とばかりに「突き抜けた」感いっぱいの男がこっちを向いた。棚を整理していたようだ。

「こんにちは。山崎さん。あっ、こちらは？」

「あっ、こちらは北川由佳さん。営推に来る前は渋谷店にいたのよ」

「北川です」

「え〜、渋谷店か。長岡店長に鍛えられたんだ〜。あっ、店長の若槻です」

ニヤッと笑った。若槻はかつて長岡のもとで鍛えられ、その後吉祥寺店長になったらしい。しばらくして、若槻が近くにいた直野を紹介した。

あら、ちょっとイケメン〜、由佳の顔が少しほころぶ。

「直野には若い世代向けのコーナーを自由にやってもらっているんですよ」

たしかに、マンガ、小説、写真集、ＩＴ情報、ゲーム、アニメ、人生指南……が目につく。そう広くもない店舗なのに、独自に著者を招いたイベントを企画したりもしているらしい。

「よく言えば自由に。悪く言えば勝手に。特に細かくコントロールしていないんです。なっ、直野」

直野が無言のまま頷き持ち場に戻ろうとしたので、由佳と山碕は直野に付いていった。

「バイト直野の数珠繋ぎゾロゾロ」のコーナーは、ヒット漫画を足がかりに、「これが好きならこれも読め」と、ラノベ、ミステリー、科学書、人文書とジャンル横断でお奨め本を並べる。直野以外のスタッフも直野のように売り場で遊んでいるのがわかる。別のスタッフに聞くと、吉祥寺店では本社からの指示や取次からの情報にこだわらず、それぞれの趣味で仕入れをするように若槻が指示しているらしい。

ここで山碕が改めて若槻を探したが、姿を消していた。

「若槻さんとの約束でやっているんです。会社には何も期待していないので、会社も僕にたいした期待しないでください。僕、バイトですし」

直野は、本社への協力とかそういう面倒なことになるのは勘弁してほしいと言う。

帰りの電車で山碕が由佳にしみじみと言った。

「私、小学生の息子がいるんだけど、男の子っていつまでも少年なんだろうなって思うの。あのバイトの直野君も少年みたいで楽しそうだった」

山碕さんってお子さんがいたんだ。ちゃんと仕事と両立させているんだね。

「でもさ、吉祥寺店流をそのままパクることはできるけど、他店でも同じようにいくのかな

〜」

「参考にはなりますよね」

「う〜ん、吉祥寺はそれぞれのスタッフがライブ感覚で楽しんでいるからこそ、店の活気になっているってことだろうからね」

「でも、上手くいっていることは事実かと」

「そうなんだけどさ〜。若槻店長流の店舗マネジメントを全店で行うように本社から指示しても同じように機能するわけがないと思うのよ。彼のキャラもあるし……」

山碕は否定的に言う。

由佳は正直なところよく分からない。


その夜、由佳が寝支度をしていると大一郎が現れた。

「やあ、今日は視察かな」

「もう今日は疲れたので」

「まあそう言いなさんな。すぐ帰るよ」

仕方ない……ちょっとだけ。

「実は吉祥寺店に行ったんです」

「ああ、若槻店長のところか。あいつはちょっと変わってるけど優秀なやつだった」

由佳は手短に話す。すると、大一郎の笑顔が大きくなった。

「それが本屋の本質かもしれないな」

「と、おっしゃいますと？」

「売れている本を売るのではなく、読んでほしい本を売る。自分の言うことを聞かない人は損をするとまで思わせてしまっている。そういう特殊な能力を持つスタッフを集めるのは困難だろうが、なぜ若槻がそれを可能にしているのかは究明する価値がある。それを共有できるかどうかは別にして」

なるほど……

「今度は将大と二人で行ったらどうだ？」

「それは、結構です！」

「ハイ、ハイ」

「では、おやすみなさい！」

「楽しみだな。じゃまた」

気がつくと、大一郎の姿は消えていた。


翌々日、由佳は一人で吉祥寺店へ向かった。

山碕がいないのを見て、若槻は気さくに話をしてくれた。

「社員も、バイトも、真面目に働くには給料が安すぎるんだよね。だけど書店のシステムからいって、人件費はそうは上げようがないでしょ。だから、ツライのを我慢して働いても、それに見合う報酬は得られないわけですよ」

「まあ、そうですね」

「だったら、発想を変えればいい。真面目にやっているフリして、面白おかしく、自分の好きなようにやる。それくらいしかスタッフにメリットを提供できないと思うことにしたんだ。そして、それが吉祥寺店の場合は正解だった。それだけのことです」

若槻は明るい表情で話してくれ、「直野とも話してみたらいいですよ」と言った。

そこで由佳は、直野に少しだけ話を聞く時間をもらった。

しかし、直野はちょっと迷惑そうに言う。

「一昨日話しましたよ。あれですべて。北川さんでしたっけ、しつこいねえ」

「でも、凄く感心したんです。ですから……」

「で？」

「そうですね。たとえば、ＰＯＰやパネルはいつ作っているんですか？」

「もちろん勤務時間中。まあ休憩時間や退勤後の時間にやることもあるけど。興が乗った時は」

「なぜそこまで？」

「いや〜、簡単ですよ。本屋の仕事が楽しいから。買ってくれて、面白かった、もっと他には？って、お客さまから言われた時は最高」

「でも非正規のままでいいんですか？」

「いい。社員になったら『所有』するでしょ？　会社って」

「非正規なら自由だと？」

　由佳の興味がどんどん深まっていく。

「うん、ここまで来れば、他の店に行っても好き勝手やらせてもらえるでしょ、きっと。その代わり給料は安いけどね。若槻さんは社長にもかけあって、目一杯の時給を出してくれているけど。まあこれは自分が好きでそうしているわけだから」

「結婚はしないの？」

「そんなのは無理。したいとも思わないし、考えていない。少なくとも今はね」

「本はいつ読んでいるんですか？」

「勤務時間外ですよ。当然」

「本代は経費？」

「まさか。従業員割引はしてもらっているけど」

「え？　言えば経費になるんじゃない？」

「ならないでしょ、ウチは。別にいい。読者として著者と対等でありたいし、苦しくても本は買う。第一、本読むの好きだから」

「ここ以外での収入は？」

　次々と聞く。ＴＶのレポーターみたいになってきた。

「今はまだない。だけど、このまま好きにやらせてもらっていれば、何かできるかもしれないとは思っている。だから、これはこれでやれる」

「趣味は?」

「いろいろあるよ。音楽関係とか。恥ずかしいから言わないけど。そのためにも時間がほしい。残業ばかりの社員はごめん」

同じくらいの年齢のイケメンの直野から、このようにクールに言われると……。出世とか収入とかを第一に求めるのではなく、自分なりに考えている。なぜかわからないが、直野がある意味ちょっぴり羨ましく思えてきた。

また、店長の若槻も立派だ。直野を活かしている。実は、由佳は吉祥寺店に来る前に、渋谷店に立ち寄って長岡に若槻のことを聞いてきた。それによれば、「渋谷店にいる時、若槻は優秀だった。司朗社長が若槻の能力を見抜いて吉祥寺店長に抜擢した。いい加減なようで、深く考え周到な計算をしている」との評であった。やっぱりね……由佳は改めて納得した。

12　思ったことを行動に移してみる

由佳が営業推進部に異動して一年あまりが経った。各店の営業実績と予測を把握して経営陣に報告するのは大きな仕事だが、年に二回発表される直木賞や芥川賞とか毎年春に発表される本屋大賞などを契機にした販促、各種フェアやキャンペーンの企画立案と実施、開明堂ポイント会員へ配布するフリーペーパーの作成、ホームページの更新、マスコミ対応、取次会社との折衝、また改装や移転を行う店舗の支援などなど……。すぐに浮かぶだけでも数え上げたらキリがない。当然、実際に各店舗に出向く仕事も多い。これらを季節ごとに対応していくことになるので、一年を経過してようやく実感してくるものである。

初めは自分がどうすればいいのか見当がつかずにいた由佳だったが、ようやくペースもつかめてきたようだ。

秋も深まってきたそんなある日、部長の勝又が浮かない顔で自分の席に戻ってきた。

「どうされたんですか？」

山崎和代が、勝又に声をかけた。

「いや〜、いま村野専務から言われちゃったんだけどね。最近、苦情が来たらしいんだ」

「苦情ですか？」

「ああ、小型店で最近、臨時閉店というケースがいくつかある。また、雑誌が発売日当日の朝に揃っていないで、梱包のままになっているというケースがチラホラあるらしい。それを陽光館の常務が目撃してね、村野専務に言ってきたという話だ」

「たまたま遭遇したってことじゃないんですか？」

横から将大が割り込んできた。

「いや、村野専務もたまたまだろうと思ったらしい。だが、陽光館の常務は何回か同じ店で見たとか。ところが、これが一店だけならともかく、変だなと思って部下の人にも聞いたところ、他の三店ほどでも同じようなことになっていた。陽光館の雑誌が発売日に並んでいなかったと。それで、これは見過ごせないとなったということさ」

これにつられて、今度は山碕が思いついたように言い出した。

「そう言われてみれば、最近ウチの小型店、何店か行って思ったんですけど……」

「どうした？」

「レジ、並んでるんですよ」

「結構なことじゃないのか？」

「それがね、そうでもなさそうです。データみても売上増えてないし～。並びが多いだけのような」

「う～ん」

そう言って、勝又は困ったような顔をする。

「そう思って、こないだウチの新宿の小型店で見てたんです。そうしたら、『もういいや』って精算をあきらめて帰っちゃうお客さまがチラホラいるんですよ」

「それは、機会損失だね」

「お客さまも気分悪いですよ。きっと」

「アルバイト不足か？」

「そうですね。でも、ウチのアルバイト時給では集まりにくいですよね」

今度は由佳が口をはさんだ。

「安い？」

「ハッキリ言って安いと思います。渋谷でもアルバイトは集めにくかったです。しかも、きついし……」

するると、将大が言う。

「いまのウチの方針は、アルバイト増やしちゃいかん。人件費増やしちゃいかんですからね」

「コストを抑えるというのは間違いじゃないだろう」

「それはそうなんですけど」

「急いで、各店の実態を調べてみよう」

勝又のひとことでその場は収まった。


小型店舗は、司朗社長が十五年ほど前から進めてきた施策のひとつで、開明堂全社の書籍の伸び悩みを雑誌で吸収してきたことはたしかだ。雑誌の取扱いを中心にしてコミックス、ビジネス書、そして比較的軽い読み物を多く置いている。さらに、三、四年前から一杯百円でコーヒーを提供する『ブライトカフェ』を展開している。

その『ブライトカフェ』は、ローストしたコーヒーをその場で淹れてカップで提供するというもので、集客力にもつながっている。コーヒーの香りが本のイメージを上げるという効果をもたらす側面もある。二〇〇八年頃、大手の外資外食チェーンが百円でコーヒーを提供したことがキッカケになって、それに続きコンビニ各社が置き始めたことにヒントを得た司朗が始めさせたものであった。

　ところが、これを書店のスタッフが扱うことにしたのが拙かった。それでなくても雑誌の回転は速い。だから、雑誌の入れ替え作業は頻繁である。さらに、時事性が高いものや軽い書籍が中心なので、その入れ替えもこまめにやらないといけないところがある。また、配置人員が少ないこともあって、万引き対策も手薄になりがちになる。アルバイトも長続きしない。しかも、アルバイト時給は、他と比べても低いまま。一店舗の配置スタッフ数が少ないところにアルバイトが長続きしない……ということから慢性的な人手不足状態に陥っていたのである。その穴埋めに近隣の普通店舗から応援要員を向けることになる……。どうしても悪循環となり、その悪循環を繰り返してしまっていた。由佳も、応援に駆り出されたことがあるけれど、正直言って結構きつかった覚えがある。

　隣の席の将大がぽつりと呟いた。

「いまのままでは、小型店舗方式は限界なんだよ。どうなるのかね～」

　その呟きを聞いて反感を感じた由佳は、「なんだか、評論家みたいな言い方に聞こえますけど」……と思わず言ってしまう。

「そうかな」

「石山さんは、現場に一年か二年いらっしゃたんでしょうけど、現場の状況わかっているのか……と」

　将大はちょっとムッとした表情になった。眉間が少し盛り上がって、立体的な縦線が入っている。言い過ぎたかしら。

「それはヒドイ言い様だな」

「以前のプロジェクトで、現場で考えて、みたいなことおっしゃっていたじゃないですか」

「そりゃそうだよ。現場が主体的にやった方が上手くいくという基本観は変わらない」

「だけど、今回の小型店舗の問題、現場での遣り繰りだけでは限界だと思うんです。それに結局のところ、全社的に掲げられているコスト削減と効率化、これが目的になっちゃってる。それが大きな要因なんじゃないかと思うんですけど」

「コスト削減と効率化が目的になっているか」

「もちろん野放図になんでもOKみたいなことはNGですよ」

「……」

「前回やった『新ビジョン会議』、正直言ってあれはあれだけだったような気がします」

「う〜ん」

「あの時決まったことって、たしか『無駄の撲滅』『ミスの撲滅』『あらゆる行動にコスト感覚を持とう』『お客様に笑顔を』だったですよね。なんだか交通安全のスローガンみたいだなって思ってました」

将大は「よく言うよな～」という表情で応える。

「でもあれはあれで、皆も言いたいこと言えたしよかったんじゃないか。ガス抜きってことにもね」

「ガス抜きですか？　え～、それ、ちょっと……だな～」

不満が爆発する前に何らかの手段で関係を緩和することを俗にガス抜きという。そして、特段の手は打たないことがある。だとしても言い方ってものがあるだろうに……。由佳は、さらにイラッとした。

「いやいや、失礼、失礼。まず言うことから始まるという意味だよ」

言い過ぎちゃったかなと反省しつつ、少し間を置き、由佳はあえて微笑みを作って将大に向きあった。

「それならあの中の何人かともう一回集まってみましょうよ」

「プロジェクトをもう一回かい？」

「正式でもいいですけど、非公式でいいじゃないですか」

「単なる飲み会になっちゃうんじゃないか？」

「それはそれで……。ともかく、もう一度若手の何人かで意見交換してみたいです。大きな始まりの第一歩になるかもしれないでしょ」

「そうだな。じゃ、北川さんやってくれる？」

「そうじゃなくって、私も当然やりますが石山さんがリード役になられたらどうですか。もちろんお手伝いしますよ。最初は飲み会でもいいですし～。そうそう、若い女子を重点的に！」

「若手の女子か……おっ、それはそうだな。じゃやろうか」

案外軽いんだ……と、由佳は半分呆れた。


由佳が帰宅してしばらくすると、大一郎が現れた。

「おっ、少しウキウキしているような感じがするぞ。将大と何かあったかな？」

「何もないです！」

「そうかね。問題が発生しているようだな」

「あっ、ご覧になってました？」

「うん、少しだけな。人手が回らなくなってるんじゃないかって」

「ええ。小型店がなかなか忙しそうで。でも、その割に売り上げが落ちている」

「ああ、あの小型店舗は司朗が進めてきた。書籍の落ち込み分をあの小型店舗が支えたという面はあるが」

「小型店舗の役割が違ってきているのではないかと思うんです。それに、ちょっとコスト削減・効率化が行き過ぎたところもあるんじゃないかと……」

「鋭いところに目を付けるね」

「来週、現場の若手何人かと意見交換してみようかと思うんですけど。将大さんを引っ張り出します」

「ほら〜。将大と近づいたじゃないか。フフフ」

「それとこれとは別です！」

「おっと、今日はこれで消えるよ。ではよろしくな。ハハハ」

例によって、ボワーっとしたような気配とともに大一郎の姿は消えていた。


翌週、由佳が早速、都内近郊店に勤務する若手の女性三人と男性一人に声をかけた。町田店の黒谷沙紀も入っている。この四人に将大と山碕と由佳、合わせて七人で開明堂本社の近くにあるおしゃれな居酒屋に集まることになった。このようなディスカッションを兼ねた会食は、個室だとしても六〜七人が人数的な上限だ。それ以上になると小さいグループに分かれてしまって意味が薄れてしまいかねない。

「こんばんは〜」

まず由佳が口火を切った。

「硬いこと抜きの懇親会ってことで、本日は営業推進部の石山さんがご馳走してくださるそうです」

「おいおい。いつの間にかオレがかよ」

「は〜い。ごちそうさまです」と声が揃った。

「まっいいや。今夜は若手だけでいろいろ勝手なこと言う会ということで」

「賛成～」

　反対側の席に座っていた黒谷沙紀が質問した。

「営業推進部ってどう？」

　将大は笑っているだけなので、由佳が応えるしかない。

「そうね。刺激がちょっと少ないかな。現場と違って」

「刺激ね……」

　この後、しばらく軽い話が続いた。ただ、メンバーが同じ職場の集まりということから自然と話題は仕事のことになる。愚痴やらちょっとしたハプニング話の披露とか。

「最近、ピンチヒッターってことで新宿の小型店に行ったんですけど」

　ひとりの女性が言い出した。それに対して将大が聞き返した。

「すごく忙しいって話を聞くよ」

「そうなんですよ。その日がちょうど二十日だったんで、雑誌の発売日が集中するし～。コミックスの新刊が届いたり。おまけにコーヒーサーバーが壊れちゃって。コーヒーって結構お客さま多いんですよ。そんなこんなで～」

「そうだとするとレジも大変だろう？」

「そうなんですよ。ＫＩＯＳＫとかの売店って、駅によっては忙しそうじゃないですか。商品をパッパッパと素早く処理しているっていうか」

「ＫＩＯＳＫとは取り扱うものが違うからな～」

「そうなんですけど、駅の売店の忙しさのこと、なんかわかるって話です」

「で、ウチの小型店の売り上げは？」

「そこなんですよ。お客さまも私たちに気を遣ってくれるようで『じゃ、いいや』って買うのを止めちゃっている方はいましたね。私も忙しくしてたので正確じゃないんですけど」

「それはもったいないな……」

するど、軽口を叩くだけだった男性社員が口をはさんだ。

「小型店って、ウチでの意味あったとは思いますけど、このままで本当にいいんですかね？」

「というと？」

「中途半端になってないかと思うんです。雑誌スタンドならそれ。コーヒーならそれ。そうした方がいいのかなって」

今度は黒谷沙紀が続ける。

「それにアルバイトだって集まらないですよ。ウチのアルバイト時給、いまどき低すぎ」

するど、他の二人の女性と男性が次々と言い出した。

「経費削減は結構なことだけど、なんだかギスギスって感じがしますよね」

「この頃、本屋ってなんなんだろうって思っちゃいます。極端な言い方ですけど」

「そうですよね。このままじゃネット書店とか大型店展開の大手とかに比べて、ウチは中途半端になっちゃうような」

「お客さまはいるんです。ただ、お客さまが求めるものは本屋でなくても賄えるようになってきているってとこ。ここですよね」

「最近コスト削減とか数字頑張れとか、そういう指示だけがきますよね。本社から」

ニコニコと笑顔で聞いていた将大だったが、さすがに……

「そんなつもりはないんだけど」

「でも、現場からそう受け取られちゃっているというのは事実なんですよ」

今度は由佳がなるほど……という顔で続けた。

「これまでと同じやり方の延長線上で、さらに効率を上げることだけではないような気がしますよね」

「まあ、僕とか君らのような世代が言い出さなくってはダメなんだよな」

由佳の言葉を受けて、将大が天井を見上げながら自分を納得させるような言い方をした。

「そうですよ。石山さん頑張りましょうよ。私たちも頑張りますから」

最後は、将大が励まされるような格好になってしまっていた。


翌週、専務の村野は司朗社長の部屋にいた。勝又も村野に声をかけられて一緒にやってきた。村野から、小型店の業績が下降気味であること。それと、陽光館の常務からの情報で分かったトラブルを説明する。

「この小型店舗ですけど、どうやらこのままいくとお荷物になってしまいませんかね。しばらくの間はともかく。社長が副社長時代から進めてこられたんで申し上げ難いんですが……」

「村野専務、私が云々は気を遣わなくてもいいですよ。わかっていますから。じゃどうしたらいいと思うんですか?」

「差し当たっては教育研修かな。ミスが多すぎますしね。弛んでるんじゃないかと。マニュアルも見直しましょう。それと、その上でさらにコストの削減ですか」

「勝又部長、アルバイトの増員とか、当面の対処を考えてください。その上で、今後のことを考えよう。そうだ、将大も使ったらいい」

「わかりました」

勝又は応えた。


勝又から指示を聞かされた将大は、面倒臭そうに一瞬だけ眉間に皺を寄せた。

しかし、すぐに「わかりました」と答えた。そして、さらに付け加えた。

「思い切ったこともやっていいですか?　アルバイトの増員とかローテの工夫だけでは済ませられないと思いますよ」

「ああ、いいよ。いろいろと考えてみてくれ」

勝又は、助け舟が来たといった表情で応える。勝又には具体策が浮かばなかったのだ。

当面の対策としてのアルバイト増員とローテーションの工夫については、山碕と由佳が当たるという分担になった。その日から、将大はジッと考え込んでいる様子で誰とも口を利こうとしない日がしばらく続いた。


その夜、由佳は部屋に現れた大一郎と話をしていた。

「村野も言うね。オレは知らない、司朗社長の責任ですよ。って感じかな」

「将大さんはわかりましたって言うんだけど、どうするつもりなのか」

「まあ、やらせてみればいいんだ」

突き放すような言い方だ。

「そんな。無責任な」

「変えていいんだぞ。アタシがやってきたやり方は変えるところがあっていいんだ」

大一郎が両手を大きく広げる。いつも以上に身振り手振りが大きい。

「そう言われても」

「司朗は堅実だ。だから、変なことはやらない。しかし、いまは思い切って打って出るというくらいのことができればいいんだがね」

「社長はたしかに堅実路線かもしれないですね。でも小型店舗は社長が進めてきた……」

「そうだ、あいつらしい発想だ。これまでの十何年の間、成果があったことは認めるけど」

「は～」

「アタシは、こういう性格だからハチャメチャに見えるやり方だったかもしれん。基本的には積極策だ。攻撃は最大の防御ってやつ。反対に司朗は守りから考える。兵力を少しづつ投入して様子を見ながらってやつかな。だから、どうしても劣位戦になってしまう」

「劣位戦？」

「そうだ。ネガティブな問題点に焦点を定めて深刻に受け止めつつ、これを頑張ってゼロに戻すような解決をする。そういう能力は高い。最初に枠が決められたテストでなら優秀な成績を出す。そういう戦い方のことだね」

「なるほど、考えようによっては戦いの当事者はつらいですよね」

「そうだな。インテリにはこういった劣位戦思考を得意とする奴が多い。本当は、問題が起こったということは、隠れていたものが見えてきたということでもある。だから、普段できないことができるというチャンスなのかもしれないんだけどね」

「ポジティブですね。会長は、劣位戦の逆で優位戦ってことですか？」

「まあな」

大一郎が少し胸を張った。

たしかに、こちらが優位に立っているときと逆に劣勢の場合とでは戦い方が違う。「優位戦」とは、こちらが主導権を握って戦う場を選び、時を決め、目的も手段も決められる戦いのことである。そうした「優位戦」の思考を持てば「劣位戦」に追い込まれることなく自分サイドを有利に持っていける。創業社長はこうしたところが違うのかもしれない。

「司朗は、アタシが作り上げてきたものを守ることが大前提になる。だから、ちょっとずつしか変えられない」

「なるほど」

「だから、思ったことを行動に移してみることは必要だね。将大にもそういうことを期待したいんだがね。将大には素養はあるはずだ。由佳君がそれに火をつければいい。そして、手綱もな」

「また、そこに行くんですか？」

「将大はぼ～～っとしているようでなにか考えてるんじゃないか。タイミングを見ながら、彼の背中をそうっと叩いてやってくれよ」

「は～」

「じゃ、今夜はこれにて。またな」

いつものように、ボワーっとしたような気配とともに、気が付けば大一郎の姿は消えていた。


翌日から由佳は将大の行動に付き合わされることになった。

しかし、まず将大がやったことは、由佳に「君はどう思う？」「どうする？　どうなる？」と聞くことからだった。

「だったら、まず小型店を一店一店回ってみましょうよ」

ＴＶドラマに出てくる刑事が、「迷ったら現場」と言っていたことを思い出しただけなんだけどね。

こうして、由佳と将大は小型店巡りを開始した。

開明堂は小型店を首都圏に約三十店展開している。ターミナル駅付近やオフィス街付近のビルの空いているスペースだとか、元々は小売りの店舗だったところなどにある。バブル崩壊後の環境下、居抜きで確保できた物件も多かった。借地権もあれば、賃借、買取……いろいろである。比較的便利で人通りも多いロケーションにある。

「小型店の展開っていいタイミングで始めたのですね」

訪問店に向かう電車の中で、由佳が将大に言った。

「そうだな。何事にも慎重なオヤジがいいタイミングで始めたと思うよ。これは」

「そうですね」

「とは言っても、始めたのが一九九八年頃からだから、当時はまだ祖父が社長で、副社長だったオヤジの背中を陰で押したんだろうけどね」

「そうかもしれませんね。会長は、『攻撃こそ最大の防御』の方でしょ」

「ああ、そうだよ。よく知ってるね?」

あっ、いけない。おじい様としょっちゅうお話してるなんて言えないしね。

「いえ、よく会長のインタビュー記事とか読みましたから」

ヤバい、ヤバい。

「ああ、そうか。よく出てたからな」

「優位戦と劣位戦？　ですよね」

「おっ、それもよく聞いたような記憶だ」

「でも、小型店の展開っていまはちょっと合わなくなってきているんでしょうかね」

「そうだな。当時、雑誌とかコミックとかライトなビジネス本とかに絞ったってのはいいよね。でも、それってここにきてネットに奪われていっている対象のような気がする。今後、もっともっとスマホに代替えされてしまうんだろうな。コンテンツも雑誌以外のものがドンドン増える。それがネット社会だ。となれば、この小型店はこのままでは難しいかもね」

将大はそう言って一瞬ちょっと考え込んでからさらに続けた。

「コーヒーとか雑誌とかコミックとかビジネス書とか……コンセプトがハッキリしないいま、従来路線の延長線上でガンバっちゃっているということなんだろうな」

真剣に考えている将大の様子が由佳に伝わってくる。

「だったら、それを分離しちゃえばいいんじゃないか。さらに、それは専門家にやってもらう」

将大が、言い切った。

「えっ？」

「うん、ちょっと考えていることがあってね」

乗っている電車が目的の駅に着いたということもあって、ふたりの会話はここで終わり、由佳は将大の考えを聞けないままとなった。

それから一か月が経ち、「小型店の撤退・転用案」がまとまった。将大が商社時代の伝手もたどって動いてみたのである。

将大の提案を受け、勝又はスグに専務の村野に報告した。勝又には、どう判断していいのかわからない。村野は村野で、面倒なことになりそうと考えて、さっさと社長に預けてしまった。社長も預かったままなのだろうか。将大の提案に対する回答が出ないまま時間が過ぎるばかりだった。

「やっぱりな……決断できないんだよ」

将大はがっかりしたように呟いた。

「それなら、将大さんが社長とお話になったらどうなんですか。将大さんはこの案、いいことだと信じているんでしょ？　私もいいと思っています。ねっ、ブツブツばかり言ってないで」

由佳は、将大を鼓舞するように言った。

「そうは言っても」将大は渋る。

「変えるものは変えていきましょうよ。会長だったらきっとそうおっしゃるはずです」

ったく、優柔不断なオトコだ……。

「なんでそんなことわかる？」

ヤバい、ヤバい。

「イエイエ、そう思うだけです。でも、将大さんもそう思っているんでしょ！」

「うん」

あっ、いけない。会社では石山さんって呼んでいるんだけど、なんで将大さんって言っちゃったんだろ？　由佳は焦る。

「わかったよ。オヤジ、いや社長と話してみる」

「さすが将大さん、それがいいと思います！」

由佳は、大一郎に言われたように将大の背中をそうっと叩けたことが嬉しかった。


その日のうちに将大は司朗社長の部屋に出向いた。

「お～、なんだ」

司朗は息子である将大を少し大げさに迎える。将大は一瞬立ち止まり、ようやく椅子に座った。昔から将大は父に対してなかなか本音が言えなかった。家族なのにどこか他人行儀で気を使うような感じになる。思春期に反抗期らしい反抗期がなかったからなのかもしれない。だからなのだろう、父である司朗のことが決して嫌いなわけではないのだけれど緊張してしまうのだ。

「実は～」

将大はどう言おうか迷った。下手な言い方をしてはいけないと思えば思うほど焦る。

ポケットからハンカチを取り出し額の汗をぬぐう。そして、やっと話し始めた。

「あの～お聞き及びかもしれませんが、小型店舗の今後についてなんですけど……」

「あ～村野専務から聞いている。専務は、なぜか他人事みたいな言い方だったな」

「そうですか。で、どうでしょうか」

「う～ん。あれはなんとか遣り繰りできるんだろう」

軽く突き放された。

「ですが……、いまの環境から考えると早晩、お荷物になってしまうように思います」

「だが、将大、あれはあれで雑誌とかコミックスとかビジネス書とかの扱いでもバカにはできんぞ」

将大は、どう言おうかと迷っているうちに由佳から鼓舞された場面が浮かんだ。うん……意を決すると、ようやく落ち着いてきた。

「ところが、スマホ、タブレットで読んじゃっている人って多いんです。いまや主要な雑誌は軒並みネット配信の方向です。コミックスも。今後はもっと加速します。さらに言えば雑誌そのものが減っていく。そこにコーヒーですよね。あれはあれでいいんですけど、どっちつかずになっているような。それならば、いっそのことコンビニとかコーヒーチェーンの方がいいんじゃないかと。本屋は本屋として、中核店舗を活かしていくということに集中していく方がいいと思うんです」

将大が一気に話した。

司朗は黙って聞いていたが、おもむろに首の後ろに手をやって天井を見る。そして、改めて将大をじっと見つめようやく口を開いた。

「わかった。それならそれで、やってみたらいいだろう。お前が進めろ。私はバックアップする。少しは開明堂の仕事、やる気になってきたようだな」

「はいっ！　やらせていただきます」

思わず姿勢を正した。将大は司朗の答えを聞いてホッとした。気が付けば着ているシャツが汗で湿っていた。

実のところ、司朗は既にどうしたものか迷っていたのだ。時代に遅れていくのではないかと、薄々感じていたのだが確証はなかった。だが、将大がここまで腰を据えて進言をしてきたのだ。その課題に取り組もうとする姿勢を買うことにした。将大を後継者に育てようと思っている司朗にとっては、ここで前向きになっている将大を社内外に認めさせるいい機会にもなり得ると思った。


こうして、小型店のほとんどを廃止させ、コンビニのフランチャイズ店化やコーヒーチェーンのフランチャイズ店化をしていくことになった。

発表されると社内のショックは大きかったが、業務繁忙でありながらも実績が伴わなくなってきている現実を前にして、スグに受け入られるようになった。人繰りでの苦労がなくなるということも大きい。小型店以外の店舗からみると、突然の応援要請に応じなくても済むことになる。また、小型店のスタッフの大半は、もともと募集がままならなくなってきつつあるアルバイトやパートであり正社員の人数も多くはなかった。

この結果、大きい実入りというわけではないが、賃貸収入が入ってくる。なにより、要員確保の苦労や売上低下からくる赤字が回避されることになる。司朗としても、自分が手掛けた小型店ではあったものの、村野から責められ始めたところでもありいい解決策となった。

将大さんって知識だけの人で、現場任せで、やる気があるんだかないんだかよくわからない人って思っていたけど、案外やるじゃん。ちょっとリスペクトしちゃおうかな。由佳は素直に将大を褒めた。

夜、現れた大一郎からも言われた。

「将大もなかなかやるね。いいじゃないか。発想がいい」

「さすが、会長のお孫さんですね」

由佳も大一郎を煽《おだ》てる。

「司朗も褒めてたようだよ」

昼間、こっそり大一郎は司朗の様子が見えるのだろうか。

「でも、由佳君がいたからだな。あいつだけでは無理だった。やっぱり、将大の嫁には由佳君、君がいいと思うよ！」

「またそれですか」

「そうだ。そう確信するよ」

「ハイ、ハイ。では、おやすみなさい！」

「じゃ」

由佳がちょっとよそ見をした隙に、いつものボワーっとしたような気配がして、気が付いた時には大一郎の姿は消えていた。

第五章　リアル店舗の課題は

13　状況の把握をする

二〇一五年、春の季節を迎えていた。

「こんにちは」

由佳は、久しぶりに渋谷店を訪れた。

「あら、北川さん。元気そうね」

小山英子が懐かしそうに声をかけてきた。

「小山さん、少し若返ったんじゃないですかぁ」

「なに言ってるのよ」……小山が右手を振って、打ち消すような仕草をした。

「最近、修学社の橋元部長って来られますか」

「えっ？　なんで？」

「いえ、特段の意味はないんですけど〜」

いたずらっぽい笑顔で由佳が言う。

「そうね〜」

「なんか慌てていらっしゃいます?」

「そ〜んなことないって。もうっ、大人をからかうんじゃないのよ」

小山は慌てて手をパタパタと何回も振った。小山さん綺麗になったね。きっと、恋をしているんだわ。

「実はね……たまにお食事に行ったりしてるの」

「えっ。やっぱり〜。そうなんだ〜」

「内緒よ、内緒」

「はい。お世話になった小山さんですから。承知しています」

由佳はイタズラっぽく笑った。そんな時の由佳の笑顔はカワイイ。ズバズバ言ってしまう由佳であっても、なんとなく人を引き付けるという不思議な魅力はこういうところにも表れるのかもしれない。

そうこうしていると、店長の長岡が事務室から出てきた。

「おっ、北川。頑張ってるか」

「はい、お陰様で。でも、やっぱり現場はいいですね」

「そりゃ、本屋だもの、この空間こそが現場さ」

そう言って、長岡は両手を大きく広げてみせた。本屋独特の匂いがする。長岡もこの匂いが好きなのだろう。

「数字は厳しいけどね」

「お客さんは多そうですけど」

「そう。多いのは有難いんだが、数字が必ずしも比例しない」

現実の話としてこれはそうだ。

「小型店舗を別のものに転換していくことになったし、次はお店の新たな魅力づくりですよね」

「そうなんだけどね。最近、『本屋とは』なんて考えたりしてね」

「真正面からですね。競合になっているネット書店との違いをキチンと整理してみるってこと必要かもですね。リアル書店にはリアル書店の良さがあるんですから」

すると、長岡が話題を変えた。

「あっ、石丸が立派に店の柱になっているよ。今日は休みの日だけど」

「お休みか〜、それは残念。石丸さんは凄い人だから。頼りになるでしょう。長岡店長の教育の賜物ですしね」

「そう煽てるなよ。まっ、あいつを正社員にしてよかった。そう遠くない将来、立派な管理職になるんじゃないか」

「そうですか。でも、私も負けませんから」

「ふたりは、いいライバルだったね。ハハハハ」

そんなことを話していると、狩野が近づいてきた。

「あ〜、北川さん。どうですか。営業推進部?」

「どうって言われても……なんて言ったらいいのかしら。現場はいいなって」

「そう。また来てくださいよ。近いんだし」

この日も狩野は忙しそうにしている。相変わらず要領が悪いのだろうか。

お店の中を見回すとお客さまは結構いる。それぞれに『なんかあるかな〜』という感じで棚を見て回ったり、手に取った本のページをめくっている。思いも狙いも求めるものもいろいろなのだろうけど、それぞれに心なしか幸せ感のようなものを感じる。少なくとも、悪い形相や不幸な表情の人はいない。それが本屋なのだ……と、心地良い空間に身を置きながら由佳は思った。

知の空間を楽しむ場。ワクワク感。リアル書店とネット書店とはやっぱり違うよね。

由佳が本社にもどると、三時少し前になっていた。

今日は出版文化ジャーナル社の記者さんが来るんだった。将大と由佳が応対する。

「お邪魔致します。出版文化ジャーナルの大島です」

将大が由佳を紹介した。

「北川と申します。たしか、渋谷店にも時々いらしていましたよね。お見かけしました」

「はい、長岡店長にはもう何年もお世話になっているんですよ」

大島のいる出版文化ジャーナルは、日本中の現場に地道に顔を出して生の情報を集めていることを特徴にしている業界誌だ。出版業界と書店業界を発展させたいとの大きな情熱、そして、大島の気さくな人柄もあって業界内のファンが多い。本来は記者である大島の情報集めが目的だが、将大の発案で、どうせなら最近の情勢を聞いてみようということで今回の来社になった。

「お役に立つようなお話ができるかどうか。私も長年にわたって開明堂さんには出入りさせていただいています。先代の大一郎社長の頃からなんですよ。まっ、今日はこちらの情報収集も兼ねた意見交換のつもりで……」

大島は将大と由佳を見ながらにこやかに言った。

「ところで、最近の業績はいかがですか？」

大島からの問いかけに将大が応える。

「いや、雑誌、コミックスの売上が伸び悩みですかね」

「そうですか。これまで書店は雑高書低でしたからね。その流れが変わってきているのでしょう」

雑高書低？……由佳が呟いた。

「ええ。一九七〇年代末から始まりバブル時代を経て現在にいたるまで、日本の出版界では、雑誌の売り上げが書籍の売上を上回る状態が長く続いてきましたよね。いわゆる雑高書低。だから、取次や書店のビジネスモデルも数百万部の雑誌と数千〜数万部の書籍の組み合わせによる商売が基本になっているはずです。ところが、この四十年以上続いた雑高書低の時代が終わって、今度は雑低書高の時代に移っていくような気がします」

「もう始まっていると？」

「はい、雑誌はじっくり読むというよりも軽く読みます。ここが書籍と違うところ」

大島はさらに続ける。

「そこに、二〇一一年頃から通信環境の大容量化が始まった」

二〇〇〇年代になってから始まった個人向け光回線サービスが普及。それと共に、動画共有サービスや音声ファイル共有サービスを用いた音楽活動など次々と新しいサービスが登場し、大容量ニーズが急拡大。また、携帯電話もインターネットを自由に使え、アプリも自由にダウンロードしたり消したりバージョンアップすることができることから、スマートフォンが急速に普及してきた。既にスマホがガラケーの普及率を上回っており、一部の高齢層を除き、いまやスマホが一般的になっている。

「ＰＣとかスマホとかタブレットといったものが大容量で手軽に使える環境です。モバイルも固定も共に以前とは比べものにならない」

「そういった端末に雑誌が流れる？」

「そうです。雑誌とかコミックが、そうした環境変化に乗ったと考えられます。新聞もです。紙の新聞広げている人ってめったに見かけませんよね」

「電車の中で見る風景。多数派はそっちですね」

雑誌は、一九九五年には三十九億冊だったものが、二〇一四年にはその半分になってい
る。今後さらに減り、この流れは加速するだろう。

「その雑誌、一冊一冊買うという前提で考えていませんか？」

「どういうことです？」

「雑誌の読み放題サービスが二〇一四年から始まりましたよね。通信キャリア会社が始めて
います。これって侮れない気がします。あれから一年ほどしか経ってませんけど、すでに会
員数は百万人を超えているでしょうし、これからもっと増えますよ。急速に」

「それは大きい〜」

じっと聞いていた将大が少し唸りながらつぶやく。

「石山さん、北川さん。雑誌って全部最初から最後まで読みますか？」

「部分的に読むかな……」

「でしょ。律儀に全部読みとおすような読書家よりも、『ちょっとだけ読み』、『他の本と並
行読み』、『そのうち読み』のいわば『尻軽ユーザー』にこそフィットすると思うのです」

「尻軽ユーザー？」

由佳が目を見開いた。

「そうです。下品な言い方でスミマセン。書籍にだってそういうユーザーはいるかと」

「でも、書籍は雑誌とは違うでしょ」

「基本的にはそうですね。でも、書籍もじっくり読むことが望まれるものばかりじゃないですよね」

たしかに、最近は軽い読みものも多い。いわゆるライトノベル。それから、ハウツーものの的なビジネス書とかブログをまとめただけのようなものとか……。全部読まなくても必要なところだけ読めばいいという書籍が数多く出されている。多過ぎるくらいだ。

「それと、雑誌も別の意味で分かれている傾向があるかと思います。定期刊行物ではなく、特集ものをタイミングに応じて出すというパターン」

「最近多いですね」

「俗にいう『雑誌の書籍化』です」

大島の説明を聞いていた由佳と将大は顔を見合わせた。

「雑誌の書籍化ですか。なるほど、それだと必ずしもネットに流れない切り口ってこともあるんじゃ？」

由佳が思わず言い出した。

「あっ、それはそうかもしれません」

少し間をあけて、大島は続けた。

「それと、連載物。基本的に雑誌は広告費で発行されています。ですから、人気作品の単行本で利益を確保するかたちで企画されたりします。ですので、かなりの連載作品は単行本化されます。作家側にも都合がいいということもありますから」

大島がお茶を口にして、ひと呼吸おいた。

そこで、由佳は大島に聞いてみた。

「ということからいくと、ウチが小型店をやめることにしたというのはよかったと思われますか？」

大島は、右手の人差し指を軽くたて「そうですね」と言って頷いた。

「二〇〇四年頃からここ十年間、書店の店舗数は減っています。ですが、実は書店の床面積を合わせた総坪数は増えている。つまり、書店業界全体でみてみると、小規模店舗が店をたたむ一方で大規模な書店が続々とオープンしているということです」

「おっしゃるように大手は大型化の流れです」

将大がなぞるように相槌を打つ。

「記者的に言えば、『小規模から大規模への転換』と呼んだ方がいいかもしれません」

「しかし、ウチは反対に小規模店を展開し、維持してきた……」

将大は少し天井を見ながらフォローするように言った。

「たしかにそうですけど、開明堂さんは小型店を始めたのが九七年頃からですよね」

「はい」

「早いタイミングだったし、これはこれでよかった。そして、うまく回して来られ、ここにきてその小型店を見直された」

「そうですね」

将大の呟きを聞いて、大島は少し間をおいてから由佳と将大に明るい表情を向けた。

「まあ、おふたりのような方の若いセンスで改革していってほしいですよね。業界のためにも。いや、本を愛する人たちのためにも期待しています。あっ、そろそろ時間だ。どうでしたか。少しはお役に立ちましたか？」

大島は若い世代にエールを送る気持ちで、笑顔で締めくくった。

由佳は将大とともにエレベーターまで大島を見送ったあと、廊下を歩きながらたしかめるように言った。

「やはり、構造転換が確実に進んでいるということですね。改めてそう思いました」

「そうだな」

「少し整理できたような気がします」

由佳は、セミロングの髪に右手の指を少しだけ通しながら頷いた。

14　求めるものを問う

ひとつのビジネスを長く続けているとややもすると陥るのは、その存在基盤の市場やお客さんを忘れ、その変化を読み取る努力をしなくなる。そして、自分たちの売り方の研究ばかりに努力を集中し、精緻化を進める結果となる。こういった事例は枚挙にいとまがない。こうした視点から、由佳は改めて書店ビジネスの求められる姿を考えてみたくなった。

そんなことを考えながら帰宅した由佳が、「そろそろ現れてもいい頃かな」と思っていると……。気配がしたと同時にスポンッと大一郎が現れた。

「あっ、今日は待っていてくれたということかな？　嬉しいね。いつもちょっと迷惑そうだから」

「そんなことないですよ。でも、今日はちょうどよかった」

「おお、何だい。将大とも仲良くやっているようじゃないか」

「はい、はい。その話は、置いといてっと」

「ハハハハ」

そう笑う大一郎は、実に楽しそうである。

笑いが収まるのを待って、由佳は真面目な顔で大一郎に問いかけた。

「はい。本の持つ特色を突き詰めて考えてみようかと思うんです。そのうえで、書店ビジネスの求められるものは何なのかこのあたりのことを知りたいと思いまして……。そのために、会長がやってこられたその根本のようなところをお聞かせ願いたいのですが」

「ふ～ん。今日は殊勝だね。年寄りが嫌われるのは長話と自慢と説教と言ってだな、嫌がるんじゃないか」

「そんなことないです。そう感じたら途中でそのように言いますから」

「そうか、そうか。で」

大一郎も表情が真剣になっている。

「本屋って、お客さんはそこに何を求めてくるんでしょうか?」

「ワクワク感じゃないか」

あっ、即答だ。

「ワクワク感?」

「創業当時に始めたアイディア雑貨はそういう要素が大きかった。お客さんはワクワクして喜んでくれたんだ。その発想で本に繋がって広がった……そういう空間を提供したかったんだ」

「そうでしたね」

「ワクワク感には手に取れるということが大きな要素。表紙を見て手に取って、感触・重さ、そして中を読んでみる。そして、そのうえで気に入って買う。この目で見てから買うまでのワクワクが楽しい。本の購入フローを考えてごらん。売り場でお客さんが本を自分で手に取って、価格に見合うかどうかを決める。そしてレジまで持ってきてくれる。そういう特性だ。価値はお客によって変動する。見せ方によって変動する。他の小売りのお店に比べると書店員からの説明要素は低いよね」

「そうですね。見方によっては待ちの態勢になりがちです」

「だから、書店での棚づくりは重要だ。特に書籍について言うと」

大一郎は、少し間をあけてから説明を再開した。

「店には毎日たくさんの新刊書籍が入荷される。書店員は膨大な書籍にその時の話題と新刊を組み合わせ、編集して棚を作るということをやり続けてる。一週間単位でのイベントに合わせた入れ替えや、デイリーでの商品の配置変更をやる。そこに、時事性を反映した新刊本を組み合わせたり……。そうやってストーリーを組み立てて展開すると、『知の息吹』みたいなのが出てくる」

「知のビームですね」

「由佳君流の言い方だとそういうことだ。お客さまの呼吸をうまく把握できる棚をいかにしてつくれるかにかかっている。知の空間はそうやってできてくるものだと思う」

由佳は頷きながら聞いている。

「そのためには、書店員にも『編集力』が必要になる。それには、売れ筋状況を肌で知っているというのが大事だ。だから、本に挟まれている『スリップ』、あの短冊型の二つ折りのカードね。あれを抜き取って後で一枚一枚眺めるのは、書店員にとっては意味があったんだ。その『スリップ』一枚一枚に注文印を押して発注をかける……。急ぎの注文は電話したりって具合にね。すると、自然と動きがつかめるというものさ」

「最近はそれないですよね」

「ＰＯＳレジの導入とともに、あれは用途が変わってきた」

たしかにＰＯＳで便利にはなった。しかし、状況を肌感覚でつかめなくなってしまい、売れ筋への勘が働かなくなっていくのかもしれない。合理的にはなるということは何かを失うのだ。かといって、ＰＯＳはやめられない。

「いまでも、スリップは売上報奨金を出版社からもらったりするのに必要だろうがね」

「お客さまから、この本ある？と聞かれた時、検索端末で調べるだけ。言い訳も―スミマセン、在庫は出ているだけです―としか答えようがないんですよ。肌で感じていないからかな。カーナビを使い始めると地図が読めなくなっちゃうような……」

由佳の話を聞くと、大一郎は思いついたように別の質問をしてきた。

「そうそう、君たちはリアル書店、ネット書店って言い方をするようだけど、アタシが生きていた頃は使わなかったな」

実際に店を構え本を並べて販売している書店をリアル書店、インターネット上で書籍や雑誌を通信販売するウェブサイトのことをネット書店と呼ぶ。

「そうですね。会長が亡くなられたのは二〇〇九年でした。ご存命中にネット書店のサービスは始まっていたのですが、急拡大は亡くなられてから以降ですので」

「そうだよな。由佳君、今度は君から教えてくれ。まず、リアルとネットの違いを」

大一郎が現役の時代とそれ以後は、環境が大きく異なっているからムリもない。

「はい。ネット書店は出かけていく手間や時間がかかりません。『この本を買いたい！』と検索して買うには最適です。中古も含めて検索できますしね。しかも、二十四時間いつでも注文できます。さらに、宅配便で届けてくれるのでラク」

「便利だね」

「ただ、購入者一軒一軒に届けるのはあくまで宅配業者です。いまは、まだまだ余力がありますが、これからもっともっと増加するとしたら……。この配送サービスは結局のところ人手です。ですから、ここが将来ネット書店にとっての大きなネックになるかもしれません」

「それはそうだな」

「一方、ウチのようなリアル書店へは、行く手間や時間はかかりますが、実際に手に取って内容を確認できたり比較できます。思いがけない一冊の本に出会うこともあるというところですね。買った本を手に持って、自宅に帰るということもお客さんにとっては楽しみな点かと」

「う〜ん」

大一郎は腕を組んで真剣な表情をして聞いている。由佳はそのまま説明を続けることにした。

「ネット書店では、自分が欲しい本以外はリコメンド機能に頼ることになります。または、ネット書店が書評を掲載したり、ランキングとかを発表してますので、それを参考にとか」

「リコメンド？？」

「あっ、スミマセン。ＥＣ、電子商取引サイトでよく使われる機能です」

「よくわからん」

大一郎が困った顔をして、首を左右に揺った。

「スミマセン。ちょっと難しいんですけど……。ネット上のサイトを訪れたユーザの行動履歴を元に、ユーザの興味とか関心に関連する商品を奨める方法です。この仕組みを取り入れることによって、購入動機を促進したり、追加購入を増やしたりすることにつなげるのです。例えば、ネットでサイトを閲覧している途中で過去にチェックした商品や関連商品などが表示されるのがリコメンドです」

「難しいな……。要するに営業プロモートが勝手に行われるということかな？」

「すご～い。そういうことです！」

お歳なのに理解が早っ、さすが。

ネット書店サイトを利用すると、「あなたが最近見た商品」と自分の検索履歴が表示されてくる。これによって、過去に興味を持った本を再び探すという手間が省けることになる。また「この商品を買った人はこんな商品も買っています」も必ず出てくる。これは「協調フィルタリング」と呼ばれる手法だが、ネット書店の売上を大きく押し上げていることはよく知られている。

「でも、それだとその人が過去に検索したものをベースにするだろうから、『思いがけない』出会いの確率は低くなるね」

「会長、いいところに気がつかれました。ですのでここが反対に、ネット書店の欠点と言えるところだと思います」

「思いがけない一冊と出会えることというのは、発見でありそのことが知的刺激だと思うがね」

「でも、ネット書店の動きは侮れません。ですから、リアル書店である我々は自らのあり様を踏まえ、特色を出していくことが必要なんですよね」

「ふ～ん。勉強になった」

大一郎は大きく頷いている。

「何とかして会長がおっしゃったような『ワクワク感』を打ち出していくことができればな～って、思います」

由佳も自分で自分に頷きながら応じた。

「で、将大はどう思っている」

なんで、急に将大さんって?

「気が付いていらっしゃると思います。ただ、もう少し欲というか、そういうエネルギーがあると素晴らしいんですけど」

たしかに優しいからな……。

「う～ん。素養はあるんだよ。由佳君、君と組めば将大も動く。なによりも由佳君、君の方がもっと前に出て動いたらどうだ。それがいいかもな」

「そんな～」

「まあ、今夜は長い話になってしまった。由佳君、もう遅いから寝なさい。寝不足は美容の大敵だ」

大一郎が満面の笑顔で言った。この笑顔がこの人の魅力のひとつであることは間違いない。成功する男性には男のカワイさがある。ついていきたいと思われるリーダーに必要なことだ。

「は〜い。ありがとうございます。おやすみなさい」

「ではな」

例によって、ボワーっとしたような気配がした。そして、振り向くと大一郎の姿は消えていた。由佳はなんだか爽快な気分になっていた。今夜はよく眠れそうだ。

15　現状と経緯を知る

翌日、由佳は開明堂のB／S（貸借対照表）とP／L（損益計算書）を見てみようと思った。リアル書店としてどうあるべきかの展望を少しずつでも掴めそうになってきていたので、次のステップのための行動に移ることにしたのである。

「どうした？　急に」

将大が隣の席から覗き込んできた。

「いえ、会社の現状を改めて知りたくて」

と由佳は応えた。

「前職時代のノウハウが役に立つのかな」

将大がちょっとからかい気味に言う。

「書店とは?を考えるのなら、ウチの現状やこれまでを知ることは大切でしょ」

「それはそうだ」

「そのために、B／SとP／Lからの視点はキチンと押さえておいた方がいいかなって」

由佳は、ニコッとしてホンの少しだけ頭を右に傾けた。つられて将大もニコッとした。ミラー効果だ。

開明堂は上場会社ではないので、決算書が開示されていない。B／SとP／Lの過去データも遡って知るためには、社内のデータファイルに保存されているものから見ていくことになる。まずは、営業推進部員のアクセス権限の範囲内だけで十分だ。

「へ～、自己資本、多いんだ」

由佳はB／Sをみて、自己資本が多いことに気がついた。

自己資本とは、株主からの拠出資本とさらに企業が稼ぎ出した利益の内部留保とで構成される。したがって自己資本が多いということは、すなわち「過去の利益の蓄積」が多いということを意味する。自己資本が多ければ多いほど、返済義務のないお金を元手に事業を行っていることになるため、必然的に資金繰りが安定する。これは、経営者の経営手腕が高い、堅実な経営を長期に渡って行っていることを意味する。

同業のなかでもこの自己資本比率は高い部類に入るようだ。

「ネットキャッシュも多い！」

一般家庭もそうだが、企業もカネがなければ破綻してしまう。そんな企業の財務健全性を示すのがネットキャッシュである。現預金と短期保有の有価証券の合計額から有利子負債と前受金を差し引いて算出する。企業の実質的な手元資金であり、これが多いほど財務的な安全性が高いことになる。「キャッシュ・イズ・キング（現金こそが王様）」といわれる所以だ。皮肉なことに、由佳の前職だったローマン・ブラザーズの破綻を契機に厳しい金詰まりとなり、これを世の中が改めて実感したことは記憶に新しい。

財務状況が良好ということは、経営の安定性が増すことになる。しかし、投資家の視点で見ると、使用用途が当面ないキャッシュを大量に抱えていることは、資金をムダに遊ばせていると判断せざるをえない。


由佳は隣のデスクにいる将大に言った。

「ウチは優良企業なんですね。それなりのいい格付けが付くんじゃないかな～」

「そうだと思う」

将大が応えて言った。

「でも、事業からのいまの利益を考えるとちょっと。ここをどう捉えるかでしょうかね」

「先代は結構な堅実派、いやガッチリ派だったんだ」

「あれだけの凄い方ですしね」

「うん。えっ、北川さんって、先代に会ったことあったっけ?」

あっ、ヤバイヤバイ。

「いえいえ。TVとかで昔、拝見したことがあったというか」

ふ〜。少し間が開いて、将大が言った。

「出店はできるだけ自前に拘ったと聞いた」

「でも、資金繰りは大変だったでしょうね」

「最初のアイディア雑貨の頃ね。儲かったらしい。店舗数も増やして。珍しいもの、ユニークなものを集めてくるのって得意だったようだしね。その後、次第にアイディアを出して作った側から、置かせてほしいって持ってくるようになったそうだ」

「その頃も自前?」

「いや、最初は借りてスタートしたはずだ」

「二度ほど事業に失敗されたんですよね?」

「おっ、よく知っているね」

将大は、少し不思議そうな顔をしたがスグに話にもどった。

「だから、今度はって、勝負かけたんだろうな」

「ふ〜ん」

「そういう意味でも、アイディア雑貨というのはいいスタートだったということだろうね。

でも先代は、本を取り扱いたい、ず～っとそのように考えていたんだと思う」

「本がお好きなんですよね」

「雑貨で儲かったといっても、そこで浮かれたりしなかったのは偉い。本の店を作っていくにあたっては、その儲かった資金を元手に始めていき、できるだけ店舗は自社保有を目指したと聞いたことがある」

「シッカリされてますね」

「そうだね」

「いずれにしても、これは開明堂にとって大きな基盤であることは間違いないですよね」

「しかし、それが仇となって危機感が高まらないのかもな～」

それはそうかもしれない。基盤がいいことが、回りまわって会社の老化に繋がることがある。緊張感が薄くなって、成長への意欲が高まらないということなのだろう。


この夜、由佳は大一郎が早く現れてほしいと思った。

そう思っていると、気配とともに現れた。

「こんばんは。おっ、なにか言いたそうだね」

「はい。お待ちしておりました！」

「なんだろうかな」

嬉しそうな顔をした。

「あの〜。今日、会社でこれまでのB／SとP／Lを見ておりました。純資産が大きいのがわかりました。ネット・キャッシュも多い。これって、書店ビジネスが現在あまり儲かっていないということから考えると、ちょっと理解が追い付かないのですけど」

「おお、その視点か。流石だね。う〜ん、そこはいろいろなことが重なった」

「と、おっしゃいますと？」

「うん。店舗はできるだけ自前主義をとってきた。アイディア雑貨ビジネスで作った蓄えが元手になった。借金もしながらね。積極的出店を指向していたので、良さそうな物件があれば、買っておいたんだ。あちこちあったぞ」

「は〜」

「しかし、バブルが終わる少し前だったか……。当時、出店していないで保有していた物件は全部手放したんだ」

「バブルの真っ最中ですよね。よく売るということにしましたね？　普通は、そういう時って強気になっているので、売らないというのが人情ですよね。むしろ、買うくらいの勢いで……」

そうなのだ。「もうはまだなり　まだはもうなり」という有名な相場格言がある。頭でわかっていても、実際の売り時というのは難しいものだ。

「ある知人のところに、不動産会社から『マンション売ってくれ、そのまま住んでいただいて賃貸契約を結びます』と、何度も何度も言ってきたんだ。それも、破格の価格を提示してきた。都心の一等地とはいえ新しくもないマンションだぞ。逆の立場ながら『大丈夫か？』と思った」

「ん？　その知人って当時の彼女さん？」

「いややや、まあまあまあ」

大一郎は、顔を赤らめながら慌てて手を左右に強く振った。

「さらに別の話をするとね」

「あっ、話を逸らさないでください」

由佳の追求は鋭いが、その目は笑っている。

「当時の銀行は多額のローンを競って付けていた。審査も甘かった。個人でも大企業の若い管理職クラスの人間と聞いただけで、実質ノー審査で貸すなんてのはよくあった話だ。まさにイケイケドンドン。銀行にそう言われて多額のローンを安易に組んで買ったヤツはたくさんいる。また、年老いた土地持ちオーナーに相続対策ということで、過剰な貸付をしてペンシルビルを建てることを奨励したりとか。そういった話を実際に聞いて、『なんかヘン』と思ったのさ。アタシの勘だね。だから逆に、手持ちの不動産を売ろうと思った。そうしたらすぐ売れた。しかも言い値以上でね。それくらい異常なバブルだったのさ」

大一郎は当時を思い出しながらシミジミと語る。

「それは凄〜い。それで、その資金はそのままとっておいたのですか？」

「暫くは放っておいた。そして、バブル崩壊を機に出店戦略を見直した。その頃、村野をスカウトしたんだ」

「村野って、村野専務？」

「そうだ。彼は準大手のデベロッパー会社で開発企画の責任者をやっていたんだ。その会社がバブルの崩壊でダメになってね。当時四十歳になったかならないかという働き盛りだ。誘ったら来てくれたんだ。その後の店舗拡大にあたって手腕を発揮してくれた。バブル崩壊後のデフレ経済だし、安く物件は確保していくことができた。ビジネスセンスもあって行動的でね。まっ、右腕役は担ったわな」

「なるほど、そういうことだったのですか」

「さらに、店舗の入るビルにはカフェとかビジネスホテルとかを併設しているものが多い。これはこれでキャッシュを生む」

「そうなんだ～」

「これは、ある面で不動産事業になるので、銀行から融資を受けるレバレッジがポイントになる。ということは、貸し剥がしにあえば簡単にやられてしまいかねない。彼らからすれば、ウチくらいの規模に対しては容赦しないだろうしな。ところが、カフェとかビジネスホテルとかを併設したことで、継続的な現金収入があるために銀行からの長期融資を継続させることもできたということだ。取引銀行も牽制させることを狙って分散させておく……」

「いい仕組みなんだ～」

大一郎の天性のセンスもあるのだろうが、一代でここまやってきた創業社長ならではのものだと由佳は思った。

「資金的な観点だけじゃないぞ。本屋を本屋で運営するのではなく、本屋に来たくなる雰囲気のビルとか周辺環境というのは意味があることだからね」

「さすが～発想が広いんですね」

「それに、書店の新規開店費用のうち初期在庫の資金がいる。それを取次さんが優遇といった形で面倒見てくれればいいんだが、出版市場が右肩上がりの頃は初期在庫を一～二年は棚上げにしてその後に十二回などの分割で払うといったやり方があった。取次も売上がドンドン上がるんだから、支援を惜しまなかったんだ。でも、出版バブルが過ぎた二〇〇〇年代に入るとなかなかそう簡単ではない。ウチは手持ちの資金があったので、そこに充てるということも可能だったということになる」

「資金があるというは強いですね。キャッシュ・イズ・キング！」

「そういうことだな」

一気にしゃべった大一郎は、少し自慢げに頷いた。

「おっ、ついでに言っておくとね」

「はい」

「司朗に社長の座を譲ったのが二〇〇七年だった。社長になってスグ、司朗は全部ではないが一部の土地や建物の売却処分をやって融資返済をやった。堅物だからな。『オヤジ時代の借金は減らす』とか言ってたな。これについては彼を誉めてやるよ。村野は反対していたが、アタシが『司朗のやりたいようにやらせてやれ』と言って抑えた」

「それって、ちょうどミニバブルの時ですよね？」

「そうだ。ただ、司朗は相場観で動いたわけではない。代替わりを機に足元を固めようということだったと思う。結果オーライかな」

「でも、そのままじゃないんでしょ？」

「由佳君もよく知っての通り、その後の不動産市況はローマン・ショックの後で大きく悪化していて、担保処分できない土地や建物が溢れていたからね」

その頃、ローマン・ブラザーズを辞めてから、職探しにウロウロしていたんだよな……。

「そして、買い戻した？」

「株じゃないんだから、簡単に右から左への買い戻しとかじゃないが。アタシがいなくなる少し前までにいくつか物件を手に入れた。村野も活躍したよ」

この結果、開明堂の保有資産は不動産調達価格が引き下がることになった。つまりそれは、収益性が向上することにもつながる。

「だから、私が開明堂に入る前後の時期に移転した店がいくつかあったんですね」

「実際の移転はアタシがいなくなってからだがね」

ウ〜ン。凄い！

「このままでウチはいいんでしょうか？」

「当面は大丈夫だが、このままでは面白くないいんじゃないか。先日話してくれたようなネット書店の動き、電子書籍の動き、また知的刺激の需要を満たす手段の本以外への広がり……どれをとっても、いまのやり方のままでは劣位戦になりかねない」

「そうですね。ですから、本屋ってなんだろうという原点を……」

「そうだな。アタシのやってきたことをそのままやったところで時代に合わない。とにかく将大をもっと押してくれないか。そして司朗にも提案してみることは必要だと思うね。じゃ、今夜は」

由佳が考え込んでいると、ボワーっとしたような気配がした。そして、大一郎の姿は消えていた。

16　あり方を問う

二〇一五年も春から夏へと季節は着実に過ぎていき、由佳も順調に仕事をこなす日常を過ごしていた。

そんな日々の中、由佳は相変わらず開明堂の『あり方』について将大と話題を共にしていた。つれて、営業推進部内でも話題になることも多くなり、部長の勝又や山碕和代たちも巻き込んだ議論となっていた。

「このままでは長期停滞」

「お客さまは何を求めているのか」

「何を提供していくのか」

「ネット書店への対抗策は急務」

「大手書店との違いづくり」

「本を本として一括りにはしない」

「電子書籍の台頭にはどういう姿勢で臨むのか」

「我々の主たる顧客層をどこに置くのか」

まとめてみると、テーマは概ねこのようなところになる。少し幅広い内容となってしまったが、これからのコンセプトとかあり様を考えるのであれば必要なプロセスだろう。


「あっ、北川さん。ちょっと会議室で打ち合わせをしたい」

将大が由佳に言った。

「はい？」

ふたりが会議のテーブルに着くや否や将大が言った。

「一度オヤジに、いや社長に、話を投げかけてみようと思うんだ。先日からの議論」

「あ～いいと思いますよ」

由佳が「だから？」というトーンで応える。

「うん、だから北川さん。君も一緒に行こう。その方が説得力がありそうだ」

「ええ～？　私ですか～」

由佳はちょっとのけ反った。

「そうだよ。適任だ」

将大は『もう決めた』という顔をして言い切る。

「それは勝又部長がそのお立場かと」

「うん。でも、勝又さんは僕にやってくれって言うんだよ」

「そんな～」

由佳は、身体をよじらせながら手を振って拒絶の姿勢を取った。トンでもない。

「だけど、僕はオヤジいや社長が苦手でね」

「親子でしょ？」

「だから苦手。昔からほとんど反抗したことないしな」

なんだ～。そういうことか。情けないなっ。

「でも、なんで私ですか？」

「とにかくそれがいい。頼むよ。なっ」

将大が右手を立て拝むようなポーズをした
社長って怖そうなタイプでもないし。採って食べられちゃうってわけでもないのに……。

「それと……社長室でではなく、家に行く」

「えっ！　ご自宅ですか？」

商社に勤めていた頃の将大は、父・司朗が住む実家から通っていた。しかし、商社を辞めて開明堂に入るにあたって、父・司朗の提案で実家から出て、ひとり住まいになっていた。公私のケジメを持とうという親心である。

「テーマが漠然としていると思われちゃうんで、こういう次元の話はあえて家での方がいいと思ってね。押しかけたって感じで、臨場感とか迫力みたいのも出るかもしれないしさ」

「そ〜かなぁ」

「まあそう言うなよ。なっ」

将大がまた拝むようなポーズをした。

「もうっ。臨場感とか迫力とか言ったたって、私を盾にしようって魂胆でしょう?」

由佳はちょっとムッと膨れた顔をつくってみせた。

しかし、将大の真剣な表情を見ていると無下にもできず……

「はいはい、わかりました」

結局のところ、押し切られた形で承諾することになった。

「司朗のところに将大と行くらしいじゃないか」

その夜、由佳の部屋に現れた大一郎は開口一番、嬉しそうに言う。

「聞こえていらしたんですね」

「うん」

「将大さんったら、ご自宅まで押しかけなくても社長室でいいのに」

「将大は司朗に弱いからな～。由佳君、君がいれば大丈夫だよ」

「そんな～」

由佳の顔が少しくもる。

「将大も君のこと気に入ってるんだよ。きっと。いいお披露目かもな。ハハハ」

「もう～。またヘンなこと言わないでくださいよ。こっちは仕事なんですから」

「まあまあ。そのテーマ、将大と一緒に考えているんだろ？　面白くなっているようだし、いいじゃないか。面白いってことは好きだってことだ。好きというのはすべての始まりだね」

「もう～！」

「じゃ、今夜はこの辺で」

「あっ」という間もなく、ボワーっとした気配がしたと思ったら、既に大一郎の姿は消えていた。

早っ！

翌々日は休日だったが、由佳は将大と一緒に、自由が丘にある司朗の住まいに行くことになった。東急東横線の自由が丘駅で降り、駅前のロータリーから自由通りを北に向かって歩く。駅前のオシャレで華やかな雰囲気が一変して静かな住宅街に変わる。

「なんか緊張する〜」

歩きながら由佳が言う。

「いつもの調子で話せばいいんだよ」

将大は軽く応える。そんなやり取りをしているうちに到着してしまった。

「いらっしゃい」

将大の母が迎えてくれた。

「お邪魔します」

玄関から通されたリビングの大きな窓の外にはローズガーデンが広がっていた。四季咲きバラの色とりどりの三番花が見事に咲いている。夏花をこれほど咲かせるのは、一年を通して丹精込めて育てているからなのだろう。

将大が由佳を紹介する。

「こちらは同じ部にいる北川由佳さん」

「北川です。お休みのところお邪魔します」

香りの良いローズティーを入れて持ってきた将大の母は、「いつも将大がお世話になっています」と丁寧にあいさつをしてくれた。

上品なお母さまだ……将大さんが優しく育ったのはこのお母さまだからなのね、きっと。

そして、少し遅れて司朗社長がリビングに顔を出した。

司朗はにこやかに口を開いた。

「北川さんのことは採用面接の時からよく覚えていますよ。面白い女性だなと思った。たしか、『本が知のビームを発している』とか言ってたね。活躍してるって聞いているから」

「ありがとうございます」

「渋谷の長岡店長が骨のある奴だって言ってたよ」

「え〜。そうですか。私、長岡店長にはいつも叱られてばかりでしたから」

「いやいや、彼のやり方なんだよ。それでいいの、いいの。厳しくしてその上でいいところを褒めるというのがいい。褒めてばかりではダメだからね」

「そういえば褒めていただけたこともありました。数少ないですけど」

と言って由佳が照れ笑いをすると、「ハハハハ……」皆の笑いを誘って場が一気に和んだ。

「で、将大、今日はどうしたんだい？」

司朗が聞いた。

「はい」

将大が、少し緊張気味に応える。

「開明堂のあり方について」

「あり方？」

「はい」

司朗が聞き返すと、将大の声が小さくなった。怖いのか？

「なんだか難しそうなこと議論しているらしいと聞いていたけど、それかい？」

「はい。北川さんが説明します」

えっ、もう振るの？　仕方がないな……受けて立つか。

「……あの～それでは……。私は本が好きってことで入社させていただきました。渋谷店での仕事は目から鱗の連続でした。前職時代とは全く別の世界ですし」

「そうだろうね。で、どうだい。感想は？」

「はい、率直に申し上げますが」

「いいよ」

「開明堂の基盤は素晴らしいと思います。大手書店とも戦えていますし、財務基盤もしっかりしています。しかし今、紙の本が売れなくなってきています。電子書籍の影響やネット書店の動向は脅威です」

司朗は黙って聞いている。

「これまで長年にわたって雑誌依存型で成長してきて、そこから脱却できていない。並べておけば売れるという時代ではないような。渋谷店でも他の店でも、ウチのスタッフは必死で頑張っていると思います。でも、それが……このままだと低迷傾向から抜けられないのではないかと」

「それはそうかもしれないね」

「開明堂を創業された前会長は、ワクワク感を提供したいとおっしゃっていたとか」

「ほ～。そうだった。いまはワクワクしないのかな？」

採用面接の時を思い出してしまうような感じだ。

「いえ、そんなことはありません。ですが、受け手にとってのワクワク感は時代とともに変わっていくでしょうし、提供者も変化しなければならないと思うのです」

説得力のあるプレゼンになってきた。由佳の身振り手振りも颯爽としている。ここで相槌を誘うように司朗の目を見た。

「それはそうだ」

「すると、本屋というのもあり方を改めて考える必要があるように思います。生意気申しまして申し訳ございません」

「あり方ね……」

と言って、司朗は腕を組んだまま座り直した。

「過去の成功が未来の成長の足を引っ張るという例はよくあります」

「だから、常に改善だね」

「はい。ですが、改善だけですと、ともすると過去からのベクトルから抜け出せないことがあるかと思います」

「効率化とかコスト削減の工夫は必要だろう？」

「はい、もちろん必要です。でも、事業環境が変わったのなら、同じ延長線上ではズレが生じてくるのではないでしょうか」

「ふ〜ん。ではどうすればいいと思うんだい？」

由佳は一瞬考えてから相手の目を見つめるときも自然な笑顔を忘れない。こういう時の由佳はカッコいい。そしてカワイイ。隣で将大はそう思っていた。

「ＪＲの駅って昔は乗り降りするだけの役割でした。私が生まれる前ですけど。だから、殺風景でトイレも汚くって、ただ人が乗り降りするだけ。ところがいま、エキナカとかいって、駅そのものが楽しいゾーンになっています。その駅の周りは街として賑わって……。反対に、寂れた駅でも場所によってはその寂れているという特色を活かして、観光客がたくさんやってくるところもあります」

「ＪＲの例は面白いね。そうだった、昔の国鉄じゃ考えられない」

「単に人や貨物を運ぶということに主眼を置くに留まらず、それぞれの人の目的や思い……といったものを共にする。そういう場、そんな感じですよね」

すっかり由佳のペースだ。

やっと横から将大が口を開いた。

「そこで、いま北川さんが言ったように、もう少しこういう議論を社内でやっていって、その上でやれるものから着手していくということを認めていただきたいと思いまして」

「いいんじゃないか。どんどんやったらいい」

「はい」

少し間を置いてから、将大を見る司朗は感慨深そうだ。

「将大も大きな視点で考えているんだな」

「いえ、北川さんが……」

「北川さん、面白いね。なんだか、君の話を聞いていると言うことが先代に似ているなと錯覚してしまう気がするよ。ハハハハ」

ヤバっ。でも、実際のところ大一郎の影響を受けているんだから仕方がない。

すると、ニコニコしていた司朗が突然訊ねた。

「ところで、君らはつき合ってるのか？」

「はっ⁉」

由佳と将大は、同時に目を丸くして声を上げた。

そう見えるのだろうか。え〜。

「いやいやいやいやいや。そんな〜」

将大は大慌てで右手を振っている。

とは言いながら、将大の心の中に「ありかも」と思っているもうひとりの将大がいた。由佳も急に胸が高まったような気がした。

第六章　〝大きな〟施策！

17　前のめりになる

暑い夏が終わり、少しづつ風が涼しくなって秋の気配を感じる季節を迎えていた。開明堂の店内も秋を感じる関連の本の棚などの工夫が随所に凝らされてきた。今年も「秋の夜長に読書を」のシーズンである。

そんな平穏なある日のこと。社長室では、司朗と専務の村野が膝を突き合わせて何やら話し合っていた。

「社長、この提案面白そうですよ」

「そうですね」

「話だけでも聞いてみましょう」

ある外資系のM＆Aアドバイザーが村野のところに持ち込んできた話である。内容は、某大手商社が保有している外食チェーンY社との資本提携というものだ。

Y社はITネットベンチャーでスタートし、ブームに乗ってIPO（株式公開）。その後、コーヒーチェーン、ベーカリーチェーン、カラオケ事業などを買収し拡大してきた。しかし、勢いに乗ってEコマース（電子商取引）事業に乗り出そうとフルフィルメント会社を買収してから経営が悪化。大手商社の傘下となり、上場も廃止となった。

フルフィルメント事業とは、Eコマースにおいて受注から商品引き渡しまでの一連のプロセスを担うビジネスである。受注管理、在庫管理、ピッキング、商品仕分け・梱包、発送、代金請求・決済処理などは通販ビジネスで最も重要なコアプロセスとなる。これらの全体がフルフィルメントである。

商社の傘下に入ってからは、中小のレストランチェーンなどを吸収合併し、規模だけは大きくしてきたものの道半ば。単年度の黒字化には至っているが、いまのままでは再IPOはおろか他所への譲渡もできない。

そこで、目を付けたのが開明堂だ。開明堂は首都圏を中心に地場に密着して、手堅い経営をしてきて資産状況も悪くない。しかし、事業環境の変化を踏まえ、次への事業の見直しが必要な環境になってきていた。こうした背景から、親会社である某商社は意欲的に本件を進めたがっているという。

「そうはいっても、村野専務、これは経営が大きく変わる話だ。開明堂のあり方から考えてみた方がいいのではないですか」

「社長はいつも慎重だから……」

村野が「またですか」という顔で軽く溜息をついた。司朗よりも村野の方が歳上である。また、先代にスカウトされた重鎮だったという自負もあって、どうしても先代の息子である司朗のことを心のどこかで「頼りない人」と思っているのだろう。

「いやっ、社長、失礼しました。おっしゃるように経営判断は慎重でなくてはいけないと思います。ですが、チャンスは掴まなくてはいけない。そして、タイミングというのもあります。慎重ならいいというものでもなく……」

「それはそうだけれど」

「ネット書店に押されている現状を打破するにはいいキッカケかもしれないと思います」

司朗は黙って聞いている。

「それに、商社がバックになり今後の多角化の可能性も広がるかと」

「その某商社ってどこだろう？」

「提案では某としか聞かされていませんが、たぶん門萬商事ではないかと思われます。担当者が口を滑らせました」

司朗が身体を少し前に出した。

「門萬商事か……。なぜウチとやりたいのだろうか？」

「そこはよくわかりません。あそこは一時苦しかった時期がありましたが、資源関連が好調で儲かっているらしいですよ。トップも昨年交代したばかりです。ウチは首都圏を中心に手堅くやってきましたけれど、次に向けて全国展開の力添えにもなり得るかもしれないですし」

司朗は天井を仰いだ。そして、少し間をおいてから言った。

「わかった。村野専務、では話だけでも聞いてみましょうか」

「では、向こうと連絡を取ってみます」


村野が社長室を退出した後、社長室の窓から見える真っ青な空に流れる珍しい龍の形をした白い雲を眺めながら司朗は思った。

「将大と北川が言っていた『あり方』だ。将来への成長の手がかりになるか……。ようやくあの世にいるオヤジを超えることができるかもしれない」

勇ましい龍がゆっくりと左手の方向へ流れていく。同時に、背中に微かに冷たい風が吹いたような感じがした。

「最近、この冷たい風のようなものを感じることがよくあるんだよな〜。体調かな？」

司朗は思わず少しだけ首を竦めた。


そのM&Aアドバイザーは東崎といった。翌週、司朗は村野とともに社長室にその東崎の訪問を受けていた。

「某商社さん、あっ、X社としておきます。X社はこの外食チェーン会社であるY社を手放したいという考えがおありのようでして」

「と、おっしゃいますと？　Y社はX社の一〇〇％子会社ですよね」

と司朗が聞く。

「本業と離れている分野でもあり、御社との統合によってY社の一層の発展がなされるのなら素晴らしいことだと……。X社はこれで本業にさらに集中することができるというわけです」

「合併ですか？」

「そうです。ネット書店や電子書籍の台頭などで、御社をとりまく環境は厳しいものが予想されます。ただ、財務基盤は非常に良好でいらっしゃるので、これを活かして次に打って出るというのはいいタイミングかと思いまして。またX社さんは統合後は上場を視野に入れても構わないと言っています」

東崎の話を聞いて、司朗は慎重な面持ちで応えた。

「弊社にとっては非常に大きな決断になる」

するとすぐに東崎が反応した。

「経営はあらゆることを考えていくということが必要です」

「東崎さんはその某商社さんからお話を持ってきているのでしょうから、当方もアドバイザーを立てないと……」

司朗が言うと、スグに東崎が答えた。

「まあ、そうですけど、そんな余計なフィーを払うこともないですよ。私のところが中立的な立場であたります。ですので、結果、フィーも折半ということで」

「それはわかりますが……」

司朗はハッキリとした態度を示さない。そこで、横から村野が口をはさんできた。

「社長。ここは東崎さんも誠実な方でしょうし、折半方式で進めても大丈夫じゃないですか。こちらにも顧問弁護士や会計士もいることですから」

「う〜ん」

司朗は呻くような声を出した。これを否定ではないと採ったのだろう。東崎が畳みかけるように続けた。

「まずは、機密保持契約（ＮＤＡ：Non Disclosure Agreement）を締結して、デュ※ーデリジェンスを行って……という流れです。よろしくお願いします」


その後は、村野が窓口となり東崎と何回か打ち合わせを重ねた。

そして、いま司朗と村野が社長室にいる。

「ほぼ対等と言っていたけれど、Ｙ社にそれ程の資産価値があるのだろうか？」

「東崎氏が算定したものを基にしています。Ｙ社は倉庫も持っていますので、それも鑑みたものと思われます」

「そうですかね。専務」

「当然、こちらの会計士にも試算してもらいます」

「取締役の比率も四対三ですね？」

「向こうの三の内、二はX社からの兼務の社外役員です。こちらが四ということで、取締役会の過半数を握っていますから大丈夫かと」

「でもね、面倒なことになりそうな気がする」

やはり司朗は慎重である。

「相変わらず社長は石橋を叩いて叩いてですか。ここは大きな飛躍を掴むかどうかの分かれ道ですよ」

「向こうは合併後は過半数の株を持ちたいんでしょう？」

「いいえ、それが四五〜四九％程度でいいと言うんです」

「過半数未満でいいの？」

「ええ。Y社の現社長については退任させると言っています。現社長はX社の元役員です。天下りの順送り社長ですから。新会社の専務クラスには現在のY社内部から、人選をすればいいとのことで」

「へ〜」

「この業界のノウハウを持っていないので、我々にその点は期待しているんでしょう。X社とすれば、儲かればいいってところでしょうから」

「そんなものなのですかね。専務」

「東崎氏から、X社の担当役員との面談機会を持ってはどうかとの申し入れがありました」

「X社、社長じゃないの？　こっちはトップでしょ？　せめて代表権のある役員とか」

「まあ、向こうも一応のところ大手の総合商社ですから仕方がないんじゃないですか。大手商社では、執行役員でも常務ともなれば社長並みの権限でしょうからね」

村野のその言い方に司朗は少し不満が残った。


こうして、司朗は村野に背中を押されるようにして、面談の場に出ることになった。東崎が会食という形でセットした。その場所はホテル内の和食レストランの個室だが、しばらく改装もされていないのか、ハッキリ言ってショボい部屋だ。

「初めまして、門萬商事の赤井です。企画担当の部長を連れてきました。難しい話になって間違えちゃいけないですから。ガハハハ」

「まあまあ、今夜はざっくばらんということで」

東崎が愛想笑いをしながら言って、会食は始まった。

そして、赤井が口を開いた。

「本件はウチの社長にも会長にも既に基本的に了解をとっています。まあ、今後いろいろ話し合いながらやっていけばいいのではないですか」

司朗が質問をした。

「門萬さんとしては今回の最大の目的は何でしょう？」

「え～まあ、開明堂さんが書店として長年にわたってやってこられた実績とノウハウ。これはウチでもできませんでしたから。ですので、この際思い切ってウチの門萬ダイニングスと貴社が一緒になってもらい、子会社というよりも重要な投資先のひとつという形に変えて運営するということがいいかなと思ってるんです」

「……」

「ただ、門萬ダイニングスもようやく単年度黒字に回復し、キャッシュが安定的に入る形になっています。Eコマース関連はまだまだウチ関連からの仕事も多いんですけどね。だから、過半数未満でも持ち続けたいと思っています」

「連結子会社じゃないということですね」

司朗が念を押すように聞くと、赤井が「その方がいいんです」と答えた。

「と、おっしゃいますと?」

「門萬商事としては資本効率の改善が喫緊の経営テーマです。いくつかの子会社が対象なんですけどね、そのなかの一社である門萬ダイニングスは倉庫なども保有していますし、資本投下型になっている。非連結になればその改善につながります。しかし、現在のところかなりのキャッシュを生んでくれてますので、オフバラにしてしばらく持ち続けたいと。都合のいい話かもしれませんけどね。まっ、ここだけの話ってことで。ガハハハ」

赤井の下品な笑いが出た後、ようやく司朗が開明堂のことについて話ができそうな雰囲気になった。

「弊社は長年書店展開をやってきて今日に至っております。お陰様で経営も安定している現在です。とはいえ、今後のことを考えると、事業環境は大きく変わってきており、従来の延長線上ではダメだと思います。ただ、顧客基盤は厚く、大切にできるものです。ですので、これを活かし門萬ダイニングスさんのリソースも活かすことで新しい業態も追求していきたいところですね」

司朗の話を受け、赤井がスグに続けた。

「そうですね。書店業は今後を考えると、経営は楽じゃないでしょ。まあ、門萬ダイニングスは利益も売り上げも安定的になってきました。いまの段階で手を打てば大丈夫ですよ。門萬商事というバックが強いから。信用力は大きいですし」

「なるほど」

赤井が話を続ける。

「石山社長、合併後の事業戦略はまだ具体的になっていないですが、これから当方で考えていきますからど～んと構えていてください。ウチは門萬商事ですから。任せてください。細かいこと考えずにど～んとね。ウチの門萬ダイニングスの社長にもね、難しいこと考えなくていいと常に言っているんですよ。まっ、コスト管理だけ気をつけておけばいいと。門萬の後ろ盾があれば、開明堂さんは大手書店とも伍して戦えます。全国展開だって十分可能だ。資産もお持ちのようだし全く心配ない。ウン」

赤井は、自分で自分に言うように大きく頷きながら料理に箸をつけ食べ始めた。

司朗はなんと言っていいのか戸惑った。

「あっ、それと人も出しますよ。人材についてはどちらさんも悩んでいらっしゃるからね。幸いウチには優秀なのがいっぱいいます。大丈夫。活躍しますよ。ガハハハ」

まさに立て板に水の如くという表現が似合う。こっちの話などは最初から眼中にないのだろう。それにしても、品がない。

「とは言っても、上場も見据えてとなりますと、経営者としてもキチンと考えていかなくてはいけません」

ムッとした気持ちを司朗はできるだけ抑えた。すると、

「あ～っ上場？ 上場は必ずしも考えていないですね。そもそも、現在の門萬で子会社の上場というのはちょっとね」

赤井がビールグラスに半分口をつけながらさらっと言った。

「しかし、東崎さんからは独立性も考えて上場も見据えていくとお聞きしていますが」

「キャッシュ収入も多そうだし資産も悪くない。上場させてわざわざ株主を分散させる必要性は、どうかな～」

赤井はクルッと首を大きく回した。ビールの泡を唇に少し残したままだ。微かにコキッという音が聞こえた。

すると隣にいた企画部長が、慌てて補足に入った。

「いや、上場の選択肢を捨てたわけではありません。あり得なくはないです。赤井が言っ

ているのは必ずしも排除しないという意味でして。まあ、立場上もあって」

　これを受けて、赤井が部長を制するような仕草をしてすぐに補足した。

「ともあれ、そもそも、仮に、仮にですよ、上場するにしたとしてもそれを決めるのは当該会社、つまり合併後の新会社ではなくて大株主である門萬の意向で決まる。ここは間違えてほしくないな〜」

「うるさいな……」という感情が赤井の顔に出る。

「株主は門萬さんだけではないですよ。他にもいます」と、司朗の表情が少し引きつった。

これを感じた赤井は、司朗の顔をちらっと見て取り繕うように言い直した。

「いやいや、もちろんそうです。石山社長ご自身も大株主のお一人ですしね。貴社というか合併後の新会社側のご意見も聞く。当然です、一応。ウン」

　あえてなのか自然になのかわからないが、赤井は政治家みたいに偉ぶった手ぶりをしながらコクリと頷き、いかにもといった作り笑いをした。

　五人は運ばれてきた食事に黙々と箸を付けていく。重苦しい時間だった。そして、ようやく東崎が口を開いた。

「まあ、まあ、せっかくの食事が不味くなりますよ。楽しくやりましょう。ここは楽しく。ねっ」

　しかしその後は、愚にもつかない世間話が続くだけだった。司朗は急速に冷めていく自分を感じた。

会食が終わった帰りのタクシーの中で、司朗は村野に言った。

「本当に進めた方がいいのだろうか?」

「えっ、こういう話は面倒なことがいろいろあるものですよ。社長。難産の子は育つとか」

「でも、あの赤井だっけ? あいつ、好きになれないな。そもそも品がない」

落ちついてはいるが、司朗は吐き捨てるように言った。

「まあまあ、あの人、いわゆる大企業のサラリーマン役員ですよ。典型的なヒラメ型の。でも、次回の異動で担当を外れるか出されるという噂だそうですから、今だけでしょ。スグにいなくなる」

「へ〜、よく調べてるね」

「ええ。それはウチの一大事ですから」

「ともかく、よく考えてからでないと」

「は〜。慎重なのはいいんですけど、物事は進んでいますからね」

「ああ」

こういう時の会食は何を食べたのかも覚えていないし、アルコールも回ってこない。頭もヘンに冴えてしまったようだし、やはり身体に悪い。

翌日、司朗は将大を呼んで事の成り行きを説明し相談した。あわせて監査役の松木田にも同席してもらった。

「え〜、そんな話、進んでいたんですか？　社長が決めることですから、私がどうこう言うものではないのでしょうけど」

今日の将大は、司朗の前だといってもオドオドなどしていない。小型店の一件で自信をつけたのだろうか。また、幼少の頃から実の孫のように可愛がってくれた松木田が同席しているというのも影響があるのかもしれない。

「まあ、私の頭の中が現時点では膠着状態というヤツかもな」

「ウチの弁護士先生は何と言ってるんですか？」

「よくわからんと、逃げの一手だな。意見を言わないんだ。契約書の内容のチェックはやりますだと」

「それはヒドイ。社長は本当にこの案件やりたいんですか、やりたくないんですか？」

司朗は無言だ。将大は司朗の様子を見たうえで、ここまで黙って成り行きを見守っていた松木田に視線を向けた。

「松木田さんはどう思われます？」

開明堂の一大事ということで、将大の神経が刺激されたからなのか冴えている。

「そうですね。正直なところ、私にはM&Aとか難しいことはよく分かりませんが。実はいつだったか村野専務とランチを一緒にした時、簡単でしたけど聞かされたことがありました。このままでいけば、先細りの書店業の将来は明るくない。なんとかしなくてはいけない。大手商社がバックになってという事案があるという話でした。書店事業も守れて、全国展開もできる可能性が広がるならいいんじゃないかとは思いました。社長も知っての話とのことでしたのでそれ以上は申しませんでした。たしかに大手商社がバックとなれば与信も向上し、例えば取次との取引条件も好転するかもしれない。まあ、よく分からないけどそうなのかも……という感想でしたね」

「村野専務からお聞きになっていたんですね」

村野はこの案件を進めたい。村野からすれば、先代からのご意見番でもある松木田が反対しなければいけると踏んで、松木田に打診したのだろう。

「ともかく、私としては『開明堂の心』が守られるのならばいいと思います。先代はワクワク感とか知的な喜びみたいなものを大切にして書店を作ってこられた。だから、知の空間を提供できるというのは守りたい。社長、そのあたりはどうなんですか？　書店のことをどこまで理解してくださっているのでしょうか」

「反対ですか？　松木田さんは」

将大が聞き返す。

「いや〜、先ほどからのお話をうかがっていて、私にはもろ手を挙げての賛成とまではちょっと……」

松木田の否定的な表情と答えを受けて、将大は改めて司朗側に向き直し質問した。

「社長のお考えはどうなんですか？」

「う〜ん、この業界の今後の見通しも考えると捨て難いと思っている」

「そうですか」

将大は一呼吸おく。そして言った。

「そうだ。M＆Aなのですから、北川由佳に知恵をもらいましょう。経験は浅いかもしれないけど、前職時代にその世界を少しは見てきたはずだし。勘所みたいのは、我々よりはある。交渉の席にいるだけでも役に立ちますよ」

「そうだな。それはいい考えかも知れん」

司朗に続いて松木田も頷き、それを確かめると将大がはっきりと言った。

「では。声を掛けてみますよ」

この時、司朗と将大は同時に「ふ〜っ」という息のようなものを背中に感じて肩を竦めた。

「どうした？」

「風邪でもひいたかな〜」

18　思い直す

将大は自分の席に戻ると、由佳を会議室に呼んで事情を説明した。

「それは大きな話ですね。う〜ん」

由佳は首を捻った。

「そのM&Aアドバイザーの東崎さんって、どこかで聞いたようなお名前なんですよね。う〜ん、思い出せない」

「知り合いかな？」

由佳はしばらく考えるために目をつぶったまま天井を仰いだ。

「あっ、思い出しました！　前職時代、いくつかの案件をやっていた時に名前を聞いたんだ。同業者でした。外資系の」

「で？」

「その後退職し、スポンサーを見つけてきて、数人でM&A仲介会社をやっているはずです」

「会ったことは？」

「多人数いたミーティングの場で名刺交換をしたことがあったという程度。でも、あまりいい噂は聞かないような……」

「悪人か？」

畳みかけるように将大が少し身を乗り出した。

「そうとは言い切れないですよ。この世界は使いようですから。ただ、東崎氏が中立的立場で両方からフィーを取るというのはオカシイ。ウチを素人だと思ってるんでしょうね。あり得なくはないんですけど、やはり利益相反が起きる可能性はなくなりません。両社の力も違い過ぎますし……。少なくとも、疑念を残すようなことは避けておくべきです」

「そうだよな。オヤジ、いや社長も、そのあたりはわかるはずなんだけどね」

「私なりにちょっと調べてみます」

「頼むよ、ことは急ぐ」

　面倒なことにならなければいいんだけどと、由佳は思った。


　由佳はその晩、ことの整理をしてみようと頭の中を巡らせていた。すると、いつもの気配がして大一郎が現れた。

「や〜こんばんは」

「あっ、会長！」

「大きなことが起こっているようだな」

「聞こえていました？」

「うん、司朗と松木田と将大の会話が聞こえたんだ。シンちゃんは開明堂の心を大切にと言っていたな」

「シンちゃん？」

「あっ、松田とアタシとは幼馴染みなもんで、ふたりだけの時は松木田真三だからシンちゃん、大一郎だからダイちゃんだったんだよ」

「二人三脚でやってこられたおふたりは、幼馴染みでいらっしゃたんですね？」

「あ〜そうだ」

大一郎が懐かしそうに言う。由佳は話を続けた。

「M&Aって手続き自体はともかく、考え方や動機などがシッカリしているかどうかは大切なことです。こういった次元が、結構難しいというか重要なポイントになるんですよ。その上でプロをうまく使うことです」

「その通りだ。そもそも、司朗には似合わないんだよな。目的をどう押さえているのか」

「将大さんと一緒に『あり方』について社長にズケズケと申し上げちゃったから、余計なことになったのでしょうか～」

「いや、それはないだろう。だが司朗はこれでオヤジを超えられる、とでも思ったのだろうよ。浅はかだよな」

「浅はかはちょっと言い過ぎじゃないでしょうか……」

由佳はちょっとイタズラっぽくそして少し窘《たしな》めるように言った。間をおいて、大一郎は真面目な表情で続ける。

「門萬商事の狙いは、単に不要になった子会社を切り離していきたいと思ってのことではないのかもしれない」

「もし本当に切り離していきたいということなら、最初から全部売却を前提に考えると思いますが」

「そうだ。門萬のトップは今年交代したんだったな。資本効率向上を目的にしていて、核となる事業以外は切り離せと言っているんだよね。あの会社としてのこの新方針は、理解できる。しかし、担当役員としては、過去に失敗した自分の案件で新社長から責任を追及されたくないのでなんとかしたい。だから合併でもして連結から外せば見えなくなる。ついでに、自部門で直接に影響力を持てる箱をこっそり残しておきたい。そんなところじゃないのか。商社は部門ごとの縦割りだっていうし。役職定年になったヤツの受け皿の開拓は、彼らにとっては重要ミッションのひとつだろうからね。フン、小賢しい奴だ」

大一郎はいつもより早口だ。

「ウチを確保したら、不動産売却や書店事業やビジネスホテルなどの切り売りでも儲けることだって可能になる。反対に、ウチの資産をカネにして、そのカネで本体から何かを引き取らせることもできる。もちろん、やろうと思えばの話だけどね」

努めて冷静に話そうとしていた大一郎だったが、やはり興奮している。

由佳が続いた。

「ここで四五〜四九％という持ち株比率に興味を引かれます。門萬は総合商社ですので、部門ごと評価。だから、Y社、門萬ダイニングスを連結から外せば、分母は小さくなって部門ごとの投下資本の利益率の向上ができることになる。これを狙いのひとつにしているのかもしれないですね。前職時代に似た事例を聞いたことがあります」

「役員も四対三というらしいな。こっち側が四、司朗と村野と経理部長と社外役員になってもらっている大学の先生の四人だ。大丈夫だと思うが、この内一人でも寝返ったらどうなる？」

「そうですね。でも、寝返りなんてありますか？」

「アタシはね。村野は怪しいと思う。あいつ、その何とかっていうアドバイザーに調子いいこと吹き込まれてるんじゃないか」

「開明堂の株主構成は司朗社長が三二％でトップですが、それ以下は松木田監査役二〇％、村野専務一三％、石山読書文化財団一三％、将大さん一二％、取引先関係が一〇％です。合併となれば、新会社における比率はそれぞれが大幅に低くなる計算。新会社で門萬が四五〜四九％程度であれば、筆頭ということになって門萬商事の影響力は大きくなる。もちろん合併比率次第ですけど、それを補う方法は仕組んでいそうです」

「村野は、司朗に代わって、社長になれるとでも夢見てるんじゃないか。四対三が、逆の四対三にもなり得るということだしね」

「その逆転の一が、専務？」

「あくまでもアタシの想像だよ」

大一郎はちょっと悲しそうな表情になった。

逆転の一か……。あり得る話かもな〜。悲しそうな顔をするのもわかる。

「いずれにしても、私、今回の話あまりいい話だとは思えないんです。動機が不純です」

「将大は？」

「ハッキリとはおっしゃいませんが、良くは思っていないだろうと思います。ただ、将大さんはクールだし、欲がないというか……」

「司朗の意思が重要だ。司朗がフラフラしているようでは、この話、向こうの筋書き通りに進んでしまいかねない」

「では、どうすればいいのでしょうか」

「司朗に目を覚ましてもらうようにしよう」

「でも」

「まず、由佳君、君から状況を司朗に説明しなさい。相談されたんだから。クールに、しかしズケズケとでいい。ハッキリと言うことだ。君は誤解されないキャラだからな」

「なんか私って、凄い女みたいにおっしゃってません？」

「ははは。凄い女性だ。魅力的な女性だ。そして頼もしい。う〜んイイ女だよっ。私が見込んだのだから間違いない！」

最初はイタズラっぽい笑顔だった大一郎の顔は大まじめだ。

「そんな〜。オダテまくりで〜」

くすぐったい気分だが、煽てられて悪い気はしない。

「ともかく、キチンとしたM&Aのやり方でいくように進言すること。ウチは上場していないからといって曖昧でいいということではないとね」

「それに、本が大好きなウチのお客さまを蔑《ないがし》ろにすることはできない」

「そうだ。ウチの今後の『あり方』は、今回のような合併で描けるものかなってことだ」

「そうですね」

「まずは、原則論に立ち戻ってもらえれば、まだ軌道修正ができると思う。いささかの軋轢はあるだろうけど」

「いまのウチの財務状況なら、こんなことでなくても次の手は打てると思うんです」

「そうだよ。これからは君らの時代なんだ」

「はい」

「由佳君、自覚が出てきたようだ。将大とともにあたることだ。ただし、本件は由佳君、君が総大将だ」

「将大さんは？」

「将大は、副将だな」

「え〜？」

由佳は、いかにも驚いた表情になっている。

「司朗に志願を申し出なさい」

そんな無理筋を言われても。しかし……。

「大丈夫だ。アタシが見守っているから」

そして、少し間を置いて由佳はきっぱりと答えた。

「はい。わかりました。見守っていてくださいよ。絶対に！」

「任しとけって！」

急にボワーっとした気配がしたと思ったら、既に大一郎の姿は消えて、由佳はひとり残されていた。

どうしよう……。

でも、ここまで来たらやるっきゃないか。

由佳は久しぶりに興奮していた。今夜はなかなか寝付けないだろうと思ってベッドに入ったが、スグに深い眠りの世界に入ってしまった。やはり、腹が据わったのだろうか。


翌日、由佳は将大と打ち合わせの時間を持って昨晩整理したことを話した。腹は固まっているので迫力がある。将大が異論をはさむ余地はないくらいだ。そして、そのままふたりは社長室に出向いた。

「社長、北川さんにいろいろ調べてもらいました。やるにしても、ここはやり方を整理して当たり直しをした方がいいと思うんです」

と、将大が言った。オドオドなどしていない。

すると、司朗は由佳の方に顔を向けてから言い出した。

「それで、どうなんだ北川君」

「はい、今回の件は、そのM&Aアドバイザーの東崎さんでしたっけ？　その方の立ち位置をはっきりさせることがまず優先かと思います」

由佳はキリっとした表情で説明を始めた。いつもより声が低音だ。こういう時は、やはり高音でなく少し低音の方が信頼感とか説得力が高まる。

「M&Aにおいて、アドバイザーが中立で双方の側に立つということはなかなか難しい。東崎さんははっきり申し上げて向こうの側の立場です。ですから、こちらはそういう前提をハッキリさせて、別のアドバイザーを置くか、自分たちでやるかです」

「それはそうだと思うが、村野が……」

「村野専務がどうおっしゃろうと、社長、ここは社長がお決めになるべきです」

曖昧な雰囲気を見せた司朗に対して、由佳はここが決め処とばかりに迫った。

「そうか」

「それと、この件は先日来ディスカッションで話題になった『あり方』に沿ったものになるのでしょうか?」

今度はあえてゆっくりと問いかけた。

司朗は黙って聞いている。

「合併比率の算定次第ではありますけど、向こうが議決権の四五~四九%を持つということになりますと、こちらは相当に議決権比率が下がります。いまの株主分布からいって、実質的に門萬は過半数こそないけれど、強い筆頭株主になります」

「役員会の過半数はこちらだ」

「最初は守られるでしょうけど、そんなのどうなるかわからないです」

「レストランの事業転換などによる書店事業の全国展開への道も考えられそうだし。カフェなどの複合機能も活かせると言っているんだ」

司朗の発言に続き、今度は将大が口を挟んだ。

「あえて言えば、あそこのプラットフォームを使ってネット書店をやれるようになるという可能性はありかもな」

それを聞いて、由佳が窘めるように補足した。

「でも、Ｅコマースといっても、Ｙ社がいまネット書店事業をやっているわけでもないですしね。潰れかけていた会社を勢いで買収してきただけですよ」

「それはそうだが……」

由佳に言われ、将大の声が小さくなった。

実際に開明堂のような書店が本格的にネット書店もやるとなると、取次との関係や在庫の持ち方、ロジスティックスなど、かなりの調整が必要になることは想像される。

「その後、台頭しているとは聞きません。Ｙ社が儲かっているのは、フルフィルメント事業案件を門萬の子会社と大口顧客から回してもらっているからかと思われます。しかも、今後の発注の追加をコミットするということで、Ｙ社の企業価値算定を膨らませてくることは想定しておきたいですね」

「門萬がバックになるのだから、それは基盤になり続けるだろう」

さすがに司朗が反論しようとした。

「とはいっても社長、門萬に兵糧を押さえられるような面は否定できません。今後の発注コミットだって、門萬の意向次第で左右されることはあり得ます。適当な難癖をつけて反故にしてきたりとか。私が知っている事案のなかにも、そういうヒドイ話、実際にありましたから」

「切る切らないは門萬次第ということかね？」

司朗は小さい溜息をついて言った。

「そうです。議決権とは別次元の力を門萬は行使できることになる。ですから、新会社の経営は門萬の顔色を常に見ることになりませんか？」

「北川君、君はこの案件止めた方がいいという意見か？」

「はい。率直に言って、このままではそう思います。でも、正確に申しますと、進めるとするのならキチンと筋を通して、利害を認識して進めようということです」

「う〜ん」

司朗は迷っているのだと、由佳は感じた。

「とは言っても、進んでいるのでしょうから軟着陸をさせないといけませんよね。やり方によっては、取り込むのが大ヒットとなるかも知れませんし……」

一応、こう言っておかないと安心してもらえない。

「そういうことならそうだ」

「それで、デューデリジェンスのための機密保持契約、まだ結んでいませんよね？」

「いや、村野が結びたいと了解を取りに来たので、ＯＫした」

「えっ」という表情で司朗が答えた。

「そうですか。でしたら、それをまず停止しましょう。作業を中断すればいいのです」

キッパリと由佳が言った。

「ああ、わかった」

「その上で、向こうの真意を確かめるということで」

「そうは言ってもな」

「いえ、手遅れになっては取り返しがつきません」

由佳が畳みかけるように言う。

「そんなことできるのか」

「できると思います。私、前職ではカジッたことがある程度で、駆け出しだったのですけど、一応、経験者です」

由佳は、右手で軽くグーをつくった。そして、口角を目いっぱいに上げて笑顔を見せた。

「わかった。ウチにはそういうことに明るくて視野も広い人材はいない。君がいてくれたのが幸いだ。任せよう」

「ただし、将大さんと一緒に行動させてください。僭越なんですけど、本件は、私がリーダーになり、将大さんにはサブについていただきたいのです。それと、必要に応じて外の専門家を使わせてください。その方が、力強いですから」

「わかった。将大、頼むぞ。必要に応じて私は動く」

「村野専務にはどうされますか」

「ストレートに言うと角が立つからな。そうだな、デューデリジェンスには現場の情報が必要になるだろうから、その要員として君らを指名するというのはどうだ」

「わかりました。お願いします」


あっという間の時間だった。由佳をリーダーにして、将大がサブでいきたいという。しかも、言っていることに迫力もあってハッキリしている。正直言って、初めは面食らった司朗だったが、聞いているうちに由佳と将大のことが頼もしくなってきた。とくに、由佳のズケズケした言い方は、聞いていると父親である大一郎に言われているような錯覚に陥ってしまうようで不思議だった。

司朗は、秘書に村野専務を呼ぶように伝えた。


しばらくして、社長室にやってきた村野専務に向かって司朗が言った。

「専務、今後の折衝に営業推進部の北川由佳を使ってほしい。彼女は前職でM&Aチームでの経験もある。駆け出しだったかもしれないが、我々より土地勘はあるだろうしね。いまさら急に専門家を雇うのも大変なので、それは今後必要な時に考えるとして、まずは彼女を指名しようと思うんですよ」

「えっ、北川って、大丈夫ですか」

「専務も知っている社員でしょ」

「知ってはいますが」

村野はちょっと面倒くさそうに応えた。

「でも、今の経理部のメンバーだけでやれますか」

「それはそうですが……。わかりました。では、そうしましょう」

Ｍ＆Ａは、経理部員だけでやるというのは無理な話である。経営戦略としての判断を行う案件でもあるし、法的な知識や専門的な知識を含めて進めていく仕事だからだ。

「それと、将大もメンバーに加えてやってほしい、今後の勉強にもなる。北川のサブってことであれば邪魔にはならないだろう」

「は〜あ、将大さんですか」

「なにか問題でもあるかな？」

「いや、そんなことはありません。承知しました」

きょうの司朗の迫力に反論できない村野は、「はい」と言うしかない。

「それと、この合併は上手くいくのか？」

「そうだと信じているからこそ、取り組んでいるんです」

「先日の赤井氏の話が気になっている。正直言って好きになれない奴だね。要するにケミストリーが合わないような」

「それは考え過ぎだと思いますよ。向こうには書店経営のノウハウはないんですから、ウチを頼らざるを得ないというのは大前提ですしね」

司朗に対して、村野は内心「何を言うか！」という気持ちになった。

「主導権は確保できるのだろうね」

「いくら大商社だといっても、新会社の持ち株比率が過半数あるわけではありません。こちらの現株主は意思統一できますでしょ。それに、トップはこちらですし、こっちの現業をベースにすれば、向こうは言うことを聞かざるを得なくなります。門萬のバックとやらをいただけて規模も大きくなって、全国展開への道や複合機能へのメリットの方が大きいかと。要は立ち回り方ですよ」

「そうですかね。専務」

オレが社長だぞ……司朗は村野に対して、うっとうしさのようなものを感じていた。


夜、由佳は大一郎が現れるのを待った。例によって気配がして現れる。

「アサインされました」

まず、由佳が報告した。

「よし。まず基本線、原則論に則った交渉に持っていくことだ。そうでないとブレてしまうことがある。するとこちらが足元を見られることにつながる」

「おっしゃる通りだと思います。合併をこちらが熱望しているのならともかく、向こうの方が欲しいと思っているのでしょうから、姿勢をキチンとしておくことが重要かと」

「そのうち向こうからボロがあるなら出てくるさ、出てこないなら、それはそれで良し、ということにするしかないだろう」

「見守っていてくださいね」

「わかっているよ。アタシはアタシでやれることはやる。必要ならばだがね」

大一郎が、イヨッといった感じで敬礼のような仕草をしてニヤッと笑った。

「はい」

力づけられたような気分になった。

「由佳君、君と将大なら必ずできる。では、今夜はこれで失礼するから」

いつものように、ボワーっとした気配がしたと思ったら、大一郎の姿は消えていた。

19　不純な動機に抗う

翌々日、アドバイザーの東崎とのミーティングの場に由佳と将大が初めて出席した。村野専務が同席している。

「初めまして。東崎と申します。外資でいろいろやってきまして、そのノウハウを活かそうと、いまは独立してやってます」

「北川です」

「石山です」

「石山社長のご子息ですか？」

東崎が名刺を見ながら言った。

「はい。若輩ですけど」

「よろしくお願いします。あの～、北川さん？　前にお目にかかりましたっけ？」

東崎は、由佳の顔をジーっと見ながら急いで記憶のファイルを検索しているようだ。

「はい。私、以前ローマン・ブラザーズ証券におりました。その時の案件でご挨拶したことがあったかと」

「あ～、そうでしたか。はてさて。北川さん？？　スミマセン覚えておりませんで」

「いえいえ、お気になさらず。私はその他大勢のひとりでしたから」

由佳はあえてワザとらしく作り笑いをした。

「でも、こちらに来て何年かになっていらっしゃるんですよね」

「はい、いまは本屋の社員です。今回は、本件の特命担当ということで社長の石山から指名されまして」

いや、この人、私のこと覚えているはず。トボケているんだ、きっと。

ひと通りの挨拶が済むと、まず由佳が言った。

「東崎さんとのアドバイザリー契約を締結したいのですが」……単刀直入だ。

「いえっ、私は中立な立場ですので……。仲介です」

「中立って、難しいんじゃないですか」

「ではどうすればいいでしょうか」

いきなり言われた東崎は、困惑している。

「中立とおっしゃっても、この種の交渉は利害が反するところがあるわけですから、どちらかにのみ立つというのが一般的だと思いますけど」

「こちらはそういうつもりではないんです」

「では、合併比率を決めるのに必要な企業価値の算定とかはどうするんですか？　お互いに条件もいろいろあるだろうし」

「それは私共で」

「両社の算定結果が一回で双方にとって満足できるというのはなかなかないですよね。私の拙い経験から言っても」

「そこをうまくやるのが私の腕の見せどころでしてね」

東崎は面倒だなという表情をした。

「東崎さん、こちらはこちらで算定しますよ。そうしないと、こちらも未上場の会社とはいえ株主も分散していますし。それと取引先様にも持っていただいています」

「わかりました、北川さん。そこまでおっしゃるのなら、そうなさったらいいでしょう」

「では、東崎さんは門萬さん側の代理人ということですね」

「この点については門萬さんとも話さなくてはなりませんので、この場ではペンディングということにさせてください」

ペンディングもないと思うけどな……。

由佳は間を置かずに次の話に移る。

「それと、今回の門萬さん側の狙いはどういうものなのでしょうか。当方が狙っていくものとうまく合わさっていけるものなのか、改めてお聞かせ願いたいのですが」

「それは以前から申し上げている通りです。両社の機能をくっ付けることによって、新しいビジネス展開をしていけるようにと。門萬さんは、持ち株比率を最大四九％にまで下げてもビジネス優先としたいということです」

「当方でも、そのビジネス展望のシミュレーションをもう少ししてみたいのですが」

「いや、それは先日門萬の赤井常務から石山社長にもお話しされたように、門萬で考えるから大船に乗ったつもりでと申し上げているはずです」

東崎からは、いまさらの質問だな……と思う態度がにじみ出てくる。由佳は構わず続けた。

「では、当方はなにも考える必要がないと？」

「そんなことはありませんが、最大で四九％を持つのは門萬です。なんといっても、門萬は実績もある大手商社ですから」

随分高飛車よね！　由佳は、もう少しで口に出そうになるのをグッと抑えた。

「でも、そういったことも含めて、もう少し当方にお時間をくださいませんか？」

東崎は黙っている。

「いかがでしょうか？」

由佳が答えを促した。口調がほんの少しだけ強めになっている。

「わかりました。そういうことなら、そうしましょう」

「あっ、それからデューデリジェンスは、第二フェーズに入るところくらいまで進んでいるようですので、一応のところは一段落ということで。次のフェーズ入りはお互いで改めて決めると……」

「案件は進めるという前提はそのままですね？」

「そうですね。今後については、一旦社内で整理して改めてご連絡ということで……。よろしいですよね。村野専務？」

「そうだね」

横に座っていた村野が、渋い顔をした。


東崎を見送ってから、村野は下顎を少し上げて言った。

「随分ズケズケとハッキリ言うね。北川君」

「言い過ぎましたでしょうか？　専務」

「いやいやそんなことはないさ。アドバイザリー契約のことは、たしかに北川君の言う通りかもしれない。安く済む方がいいかと思ってたもんでね。それだけだから」

村野は由佳の顔を見もしないで言った。

「向こうは中立とは言ってましたが、もともと門萬からタップリ貰うはずだったのでしょうから大丈夫ですよ」

「そんなもんかね。で、こっちは？　まっ、北川君がいるからいいか」

「そうですね。今後、必要に応じて、私も前職時代から知り合いの専門家を引っ張り出してきますから」

「そうだね。今日のところは向こうから言ってくるのを待つことにしよう。では、ご苦労さん」

内心では由佳のことを生意気なヤツ……とは思いながらも、村野は努めて平静を装った。

村野と別れて席に戻った将大は、微笑みながら由佳に声を掛けた。

「さすがだね。頼もしかったよ」

「そんな〜。こっちは緊張しまくりだったんですよ」

由佳の声のトーンがいつもの高さに戻っていた。

「ハハハハ」

ふたりは顔を見合わせて笑った。


オフィスに戻った東崎は、赤井に電話で連絡を入れていた。

「面倒な奴が担当者として出てきました。Ｍ＆Ａに詳しそうな奴で……。作戦立て直しをしましょうか」

「そうですか。で、どういう人ですか？」

「ローマン・ブラザーズ証券出身の女性で、若いのに優秀そうですよ。石山社長の指示で御曹司と一緒に担当になったらしいです」

受話器の向こうから、赤井の面倒臭そうな雰囲気が伝わる。

「そうですか。上場もしていないオーナー会社だし、たいしたことない素人集団だと思っていたんだけどな〜。手間なことにならないようにしたいですね。例の件を念押ししておく方がいいかもです」

「はい、またご連絡します」

電話なので相手の顔が見えるはずもないのだが、東崎は受話器を持ちながら申し訳なさそうに頭を下げていた。


翌々日、由佳と将大は村野に急に呼び出された。

「門萬との件、急ごう」

「どうされたんですか」

将大が応える。

「いや、向こうも決算期が迫ってくるんでね、気にしているらしいんだ」

すると、由佳がスカサズ言った。

「そんなのこちらには関係ないのではないですか」

由佳の声がいつもより強く聞こえたということもあってか、村野はおもむろに座り直して言った。

「まっ、タイミングというのもある。せっかくその気になってくれているんだしな」

「わかりました。でも、企業価値の算定やら何やらをこちら側でもやりあげたいので、それは待ってくださいますか」

「あ〜、そうだな」

なんでそんなに焦るのか？　由佳も将大も不思議に思った。


その翌朝、由佳は出勤途上に渋谷駅の通路で長岡店長とばったり遭遇した。

「久しぶりだね」

相変わらず飄々としている。長岡は執着心がないように見える風貌だ。だが、飄々とした人は自分の能力を見極めて、自分ができることにひたすら集中できる人なのだと思う。由佳は、渋谷店を離れてから長岡のことをそう思えるようになっていた。

「ちょっと最近いろいろ立て込んでまして、お店に顔を出せないんです。すみません」

「あのさ、噂だけど、なんか会社で大きな動きがあるらしいって本当か？」

「動きって？」

えっ、なにか噂が流れているのかしら。でも、デューデリジェンスをやっているのだから、経理部とかの周辺に、いつもと違う雰囲気は出ちゃっているのかも。こういう噂は早いから。

「よくはわからないが。ある日『朝刊に出ました！』なんてのは嫌だぜ」

「そんなの、ないですよ～」

その日の午後、由佳と将大は東崎とのミーティングを行った。門萬側の要望を改めて整理するためである。要望事項がキチンと整理されて文書化できるくらいのレベルになっていなくては、危なくて交渉は進められない。由佳の基本スタンスはハッキリしていた。さすが駆け出しだったとはいえ経験者である。

その後、東崎とのミーティングは継続して行われていた。しかし、何回目かのミーティングにおいて、ちょっとした問題が起こった。そのミーティングの途中で由佳は、別の件で退室を余儀なくされることとなり、将大が引き続きミーティングにあたることになった。その時に、東崎から提示された要望事項の中に「出資、役員人事、組織変更、出店などの重要事項は、門萬と事前協議をするものとする」の一文があったのである。これを将大は軽くとらえ了承してしまったのだ。その日、由佳は開明堂の藤沢店でのトラブル対応に時間がかかり、本社に戻ってくるのが遅くなってしまった。

このことに由佳が気付いたのは、さらに三日ほどが経過していた。門萬側は当然受け入れられたものと受け取って社内の根回しを始めていたのである。

「どうしてこんな要請事項に気が付かなかったの！」

由佳は強く将大を詰問した。

「いや、そういうこともあるのかと思ったというだけのことで……」

「執行のレベルにまで、事前にイチイチお伺いを立てることになってしまうでしょ！　新会社は連結会社でもない投資先という立て付けなのに」

将大は下を向いて黙っているばかりであった。

このままでは門萬のペースで進んでしまいかねない。

社長はまだ本件に望みを残しているのかしら。このままでは形勢が不利になる。「ああ、会長はどこ？」と由佳は思った。


由佳は心配になってきた。いても立ってもいられなくなり、司朗のところに将大とともに報告に行くことにした。

由佳が口火を切る。

「社長、この事項が前提になりますと、執行のレベルにまでイチイチ門萬が口を出してくることになりかねません。今回の新会社案では、こちらが困って救済を求めたのですか？」

「そんなわけないだろう。向こうがこちらのノウハウも活かして、いい形で成長させてくれと言ってきたというのが前提だ」

「そうですよね。でも、そうならないかもしれません。何回か打ち合わせを東崎氏とやってきていますが、なんとなく腑に落ちないのです」

由佳の問いかけに対して「腑に落ちない？」と、司朗が首を傾げた。

「はい、動機の不純さを感じるというか……。同床異夢過ぎるのではないかと」

「そうかな。考え過ぎだろう」

「わかりました。いずれにしても、合併がどこからも後ろ指差されないように契約条件をもう少し詰めてみます」

「ああ、よろしく頼むよ」

　というと、司朗はすぐに席を立った。


　夜、由佳は大一郎が現れるのを待った。そして、ようやく現れた。

「やはり向こうの動機が良くない。この件はやめた方がいいと思うんだ」

「司朗社長はまだ望みを残していらっしゃるので」

「そうだな、司朗が目を覚ませばいいんだがね」

「私も考えますが、会長のお知恵を拝借したいのです」

「う〜ん。オバケの立場をフルに活かして、もう少し探ってみる」

　大一郎がほんの少しだけ笑った。なにか意味ありげでもある。

「お願いします」

　由佳が頭を下げているうちに、ボワーっとした気配がしたと思ったら、大一郎の姿はもう消えていた。本当に手短な会話だった。

　村野は、東崎から声をかけられ会食の席にいた。

「ちょっと、スピードが落ちてきてませんか?」

東崎が言った。

「ええ、そうですけど、そうは言っても、こちらもキチンとしておきたいということで、いろいろと」

「北川という女性、カタいですよね。オンナはこういう時、杓子定規だから困ったもんだな。あっ、一般論ですけど」

「まあ、まあ、そうなんですが、この種の経験者ってことで、弊社の石山も信頼しているし、実際のところ優秀ですよ。それに三代目も加わってチーム組んでいますからね」

「今回の話は、開明堂さんにとっても悪い話じゃないと思うんですよ」

東崎がおもむろにビールグラスを傾けている。

「そうですね。中小の書店が淘汰されていく流れの中で、大手を中心に大型化が進んでいる。ネット書店の動きも侮れないですからね」

「で、村野さん。新会社の経営陣は四対三ですよね」

「そうですね。過半数は開明堂側というのがお約束ですから」

「この四には村野さんも入っている」

「はい、ありがとうございます」

村野が頭を下げた。

「ところが、門萬商事の赤井常務は、いまの石山社長では頼りないと思っておられます」

「いや～、それは我々が脇を固めて補佐しますから大丈夫ですよ」

「補佐ですか？　村野さん。そこなんですよ。村野さんにお任せした方が、新会社の成長が見込めるんじゃないかって」

「えっ？」

「村野さんは、長年にわたって前社長とともに開明堂の拡大を担ってきた功労者じゃないですか。ご経験の幅も広い」

「それはそうですけど」

大一郎の後は自分が後継になると思っていたはずだったのに、慎重な息子が後を継いでいる。自分はこのままで終わりたくない。村野は自分の顎をゆっくりと左手で撫でた。

「ですので、村野さんがその気になってくだされば、四対三が三対四になるんじゃ？」

「え～。いやいや、そんなのは裏切りになってしまう」

「スグにということではなく、合併後、少し時間を置いてと。石山社長には合併にともなう諸々を一段落するように働いてもらって。半年、まっ、長くても一年以内かな～」

「は～」

「理由なんかなんとでもつきます」

「……」

「貴方ほどの方にはもっと活躍していただきたい。これが、赤井常務が思っていらっしゃることです。いまどき創業一族の世襲というのもね……。時代に逆行ですよ」

「……」

「どうです？　悪い話じゃないでしょ」

「いいんですよ。いま、お答えくださらなくても」

「……」

「そうですね」

「まっ、そういうこともいろいろ総合的にみて、急ぎましょうよ。ねっ、村野さん」

東崎からの突然の話に対し、村野は困惑の表情を見せた。だが同時に、東崎は村野の眉がほんの一瞬ピクッと動いたのを見逃さなかった。


翌日、由佳と将大に一通のメールが来た。

東崎からである。

「えっ、これって私宛じゃないよね？」

由佳が不思議そうに、メールを開いて目を通し始めた。同時に、隣の席の将大にも同じようにメールが来たようだ。よく見ると、【ＴＯ】（宛先）は【赤井さま】となっていて、由佳は【ＢＣＣ】のようだ。【ＴＯ】（宛先）の人に送ったので、「念のため見てくださいね」という意味。参考・情報共有に使うものは、宛先が【ＣＣ】だが、それを他の受信者にアドレスが見えないように連絡する場合に利用する宛先が【ＢＣＣ】である。【ＢＣＣ】の受信者は他の受信者に表示されないことになる。

「赤井って、門萬商事の？」

由佳が呟いたと同時に将大も「赤井宛！」と呟き、ふたりは互いの顔を見た。

赤井様
昨晩、M氏と会談しました。「四対三を三対四にする」の件。内心その気かと。合併後、半年か一年程度の期間を経て、Iは降りてもらってM氏をという提示。M氏にはしばらくやってもらって、それから替えることもできます。本件、M氏の反応を待つまでもなく進めていってしまいましょう。
東崎　拝

「なんなのよ、これ？」

読み終えた由佳が声を上げると椅子から飛び上がった。

と同時に将大が由佳に声をかける。

「北川さん、ちょっと会議室へ行こう。ノートPC持って」

「はい」

近くにいた山碕が「どうしたんですか？」と怪訝そうに聞いた。

「いや、ちょっと……」

ふたりは急いでノートPCを抱えたまま会議室に入った。

「これは間違って送信されたものだね。きっと」

席に着くや否や将大が言った。

「東崎氏のアドレスからですよ」

「宛先の赤井って、門萬の常務だろう?」

「そうです。でも、このIは石山社長のことでしょうけど、このMって誰?」

「Mか。ひょっとしたら、MURANO……村野専務か?」

「村野専務!」

由佳の声が裏返った。

「四対三が三対四って、寝返るってことじゃないのか?」

「最初からそういうつもりだった?」

「それはわからないけど、魚心あれば水心ということはある」

「これまでのやりとりも載ってるけど」

ふたりは、付いたままになっているこれまでのメールのやりとりも急いで読んだ。

「そういうことか」

将大が腕を組んで天井を見つめて言った。

「彼らは、事業のことよりもまずは自分の一〇〇%子会社をオフバラにして、見えにくくしておいて、こちらを実質吸収してしまうということなのね。狙いはやっぱりウチの資産かな」

読み終えた由佳が、口走った。

「う〜ん」

「急ぐのも向こうにしてみればわからないではないけど。やっぱり動機が不純よね！ったく」

由佳は不快な顔になった。

「東崎は今頃気付いているだろう。自分の誤送信を」

「いや、まだかもしれない。でも時間の問題よね。それより、社長に報告しましょう」

「そうだな。今夜はたしか会食だったはずだ。メールを入れておくので、帰ってきたらできるだけ早く報告だ。いや、待てよ、自由が丘の家に行く。その方がいい」

その頃、東崎は自分が送信したメールが、【ＢＣＣ】で由佳と将大宛にもなっていたことに気がついた。

「しまった！　なぜだ！」

頭を抱えて呆然とした。今朝から風邪気味の症状になって、熱もあり風邪薬を飲んでいたからかもしれない。

「しかし、赤井常務には、【ＢＣＣ】は見えない。だから、伏せておこう」

焦った。汗が一気に噴き出る。しかし、もうどうしようもない。東崎はひとりで頷き自分を納得させるしかなかった。

その夜、由佳と将大は自由が丘の司朗の自宅に行った。

「どうした?」

会食から帰った司朗が迎えた。

ふたりは、東崎からの誤送信メールをプリントアウトしたものを司朗に示した。

「なんだ?」

「M&Aアドバイザーの東崎氏から赤井常務宛のメールです。過去からのやりとりも一緒になっています。返信、返信、返信でのやりとりでしょうから……」

司朗はメールに目を通し始めた。

「なんで君らがこれを持っている?」

司朗の質問に対し、由佳が説明する。

「それが、どうやら誤送信のようなのです。その直後に定例の事務的な打ち合わせの予定確認のメールがふたりあてに入ってきましたので、そちらと間違えて、アドレスを入れたのか……。事情はわかりませんが、とにかく【BCC】で同時に送信されているとは知らないかと思われます」

「ここにあるMは、村野専務のことだろうか?」

「はい、たぶん。役員比率のことと繋げて書いていますし、そう考えるのが自然かと」

将大が答え、すぐに由佳が補足した。

「念のため、私、こっそり専務の秘書にも聞いてみましたが、昨晩の専務はプライベートでご会食だったとのことです。相手先名までは教えてもらえませんでしたが」

「向こうの意図は事業のことなんか純粋には考えていないよ。これでは」

司朗は、口調こそ静かだが、内心の怒りを抑えているのがわかる。「ハァーッ」とゆっくり息を吐き、そして鼻からたっぷりと息を吸い込む。ひたすら呼吸に意識を集中している。

「そうか～」

司朗は悔しそうに小声で呟いた。そして、しばらく目を閉じていた。

「この意図が本当だとすると、オヤジが苦労して大きくしたこの開明堂をオカシクしてしまう。こういうことで途絶えさせてはいけない」

「お父さん、ここは考え直しましょうよ」

将大が『お父さん』と言った。

しばらく沈黙が続いた後、司朗が口を開いた。

「やめよう。この話。今なら間に合うだろう」

「はい、私たちもその方がいいと思います」

「まず、由佳さん、東崎氏に断わりを入れてくれ。ご縁がなかったとね」

司朗がきっぱりと言った。

「その前に、村野専務には私から告げる。この話、見送ると」

その場で司朗は村野に電話を入れた。

村野は司朗からの突然の本件中止を告げられたことに驚いた。

「なぜですか？　社長。ここまで来ているのに」

村野は強く反論した。

「いや、気が変わったんです。昨晩、オヤジが夢に出てきた。本当にいいのか？って何回も聞く。ともかくこの話は降りたい。それに向こうの赤井というのが嫌いだ。相性というのもある。第一印象というのは、案外正しいと思う。これ社長判断です。いいね」

「そ、そんな、勝手な。夢に出てきたなんて非科学的なことを！　経営判断は論理と理性ですよ。合理的なものでなければ」

「論理と理性？　経営の意思決定はスピードとコストだけではいけない。経営判断には場合によって感性というのも必要。美しくなくっちゃ。とにかく、そういうことだ。じゃ電話切りますよ！」

横で聞いていた由佳と将大は、司朗に圧倒的なオーラのようなものを感じた。それは、司朗が先代を超えた瞬間だったのかもしれないと思わせるものがあった。

翌日、由佳と将大は東崎のオフィスを訪ね、今回の話を白紙に戻すことを伝えた。既に村野から連絡が入っていたらしく、東崎は驚かなかったが、静かにふたりに言った。

「まあまあ、そうおっしゃらずに。門萬商事さんもスピード、スピードっていう体育会的な会社ですからね。開明堂さんのスピードと合わなかったんでしょう。いいでしょう。ここは、白紙ではなく、ペンディングということで承っておきますよ」

「いや、ご縁がなかったということで」

由佳がきっぱりと断言した。

「そんなにストレートな言い方しなくっても。これだから女性はね……交渉が難しい」

これに由佳は、強く反応した。なによ！

「これだからオンナはって、それは関係ないでしょ！　失礼じゃないですか。いまのは撤回してください！」

「いやいや、これは参ったな。はい、はい。わかりましった」

ムッとした東崎は、手元のノートを感情的に閉じた。

「では、契約にしたがって機密保持は確約くださいよ」

「はい、はい。それもわかりましった。お返しできる資料は、早急に返しますよ」

渋谷の開明堂本社に戻るタクシーの中で、将大はさきほどの東崎とのやり取りの場面を回想していた。東崎に真っすぐに向き合っていた由佳は、カッコイイと思った。同時に、女性として魅力的だとも思った。

その翌週、門萬商事の企画部長から東崎に「本件はなかったことにしたい」と連絡が入った。併せて、担当役員だった赤井が、シンガポール駐在で東南アジア地域にいくつかある現法のとりまとめ責任者として転出するという内示があったことも伝えられた。

この話は、すぐさま村野は東崎から聞かされた。

「終わったな」

村野は呟いた。

実は、東崎との会食後、「門萬の本音は違うのではないか……」と、村野は思うようになっていた。仮に天下を取れてもスグに取られてしまう。放り出されてしまう可能性のニオイを感じ取っていた。ワルは、ワルの考えそうなことを察するものだ。

「時代も変わる。いい潮時かも知れない」

村野は、窓から見えるブルーとオレンジが混ざった美しい夕暮れの空を見上げて思った。

※デューデリジェンス（Due Diligence）：
投資対象となる企業や投資先の価値やリスクなどを精査し、どの程度の価値があるかを客観的に評価することをいう。

単に財務的側面から企業を評価するだけでなく、企業を多角的視点から調査して評価していく。組織、事業状況や財務活動の調査をするビジネス・デューデリジェンス、財務内容などからリスクを把握するファイナンス・デューデリジェンス、定款や登記事項などの法的なものをチェックするリーガル・デューデリジェンスなどがある。

第七章　「会社のあり方」「私の生き方」

20　心を守る

　その日の由佳は早番だったので、早目に自宅に帰っていた。久しぶりにゆっくりしていると、いつものように気配がして大一郎が現れた。

「会長、例の件、終息となりました。見守っていてくださったお陰です。流石に私もちょっと、疲れました」

「そうだろうな。由佳君、よくやったよ。司朗も目が覚めたようだし、将大も視野が広がった」

「オバケの特殊パワーですか？　誤送信とか」

「どうだかな～」

「まさか、赤井常務の海外転出も？」

「さあ～」

大一郎がニヤッと笑った。そして、すぐに寂しげな顔になった。

「なんだか、会長、いつものような元気感がないように思えます。どうされました？　お風邪？　あっ、オバケは風邪ひかないですよね。フフフ」

「いや、実は今夜が最後かもしれない」

「最後って？」

「こうやって、ここに現れるのが最後ってことだよ」

「どうしてですか？」

由佳は大一郎の目を見つめた。

「リアル世界に介入し過ぎた」

「は～？」

「オバケの身でありながら、他人の行動を直接的にタッチして変えてしまった。対象が身内じゃないしね。やり過ぎだ。オバケの掟みたいのがあって、強制成仏処分となることになる。あっちの世界から通告がきた。明日には、武装した迎え人達がやってくるはずだ」

「えっ！」

由佳は言葉が出ない。「処分」「迎え人」ってどういうこと……。

「だから、もうこうして由佳君との時間を持つことができなくなるのさ」

「でも、話ができなくても陰で見ていることはできるんでしょ？」

「いや、それもできない。成仏してしまったら、リアル世界を彷徨えないのだよ」

「よくわかんない。嫌ですよ。絶対嫌です」

「そんなこと言ってもな〜」

　由佳は泣き出した。

「泣いてくれるな。君との時間は楽しかった。愉快だった。そして、由佳君、君は成長した。アタシの気持ちというかハートをよく理解してくれた。立派にこの開明堂を担うひとりになれる。卒業証書を渡したいね。免許皆伝だ」

「そんな〜」

「でもな、心残りがある。将大と由佳君との結婚式は見たかった」

「それは〜」

「嫌なの？」

　大一郎が由佳の顔をそうっと覗き込む。

「いえ、私、将大さんのこと好きです。でも、開明堂の将来を担うなんて」

「いやそんなことはない。将大は頼りないかもしれないが視野が広い。視点は鋭いし、視座をいろいろ持てる。発想のスパンも長い。だから、ちょっとボ〜っとしているように見えるときもある。そして、なにより真摯だ。これに由佳君のようなしっかりして魅力的な女性がリードすれば、鬼に金棒だな」

「そんな〜も〜」

由佳は泣きながら文句を言った。

「まっ、あえて例えればだ。老舗の旦那と女将って関係かな。女将で持っているという。それを現代風にすればいい。世の中では、会社の世襲はダメだという考え方が多い。しかし、世襲だからこそというメリットもたくさんある。どちらもいいのだ。開明堂の規模や状況を考えると、いまは世襲でもいいんじゃないかと思う。ＩＰＯなんかも無理にする必要もない。もちろん、将来の将来はわからん。会社は、社会にどれだけ価値を与えたかで評価されるものだ。社会の公器でもあるからね。将来、君らが考えてくれればいい。アタシはあの世から文句なんか言わないから」

「どうしてもですか」

「そうだ。これでいいのだ。将大のことは頼んだよ」

由佳は黙っている。

「わかってくれ」

大一郎がもう一度言うと、由佳がおもむろに口を開いた。

「はい。でも、将大さんはなんて言うかしら?」

「あいつは、由佳君、君のことが好きなんだよ。だから、きっと行動に出るはずだ。これはアタシの細工でも何でもないからね。本当だ」

数分ほどの沈黙だったが、長く感じられた。

由佳の表情にわずかな変化が出たのを確認した大一郎が言う。

「ありがとう。由佳君、人生を精一杯生きろ」

「会長〜。ありがと〜ござい〜ました〜」

由佳の涙が止まらない。

由佳が頭を下げているうちに、ボワーっとした気配がして、大一郎の姿が半分だけ薄くなって消えそうになっていた。やはり名残り惜しかったのだろう。再びクッキリと姿を現したと思ったら消えた。最後は、足からスポンと本棚の中に吸い込まれていったように見えた。残された由佳は、しばらくソファーから立てなかった。


ここは開明堂書店本社の役員室。大半の社員は帰ってしまっていて、本社オフィスは半分以上が灯りを消していて薄暗い。深いため息をつく監査役の松木田真三の姿がある。

しばらくすると……

「シンちゃん、久しぶりだね」

「おお、ダイちゃん、会いたかったよ、よく来てくれたね」

実は、強制成仏まで時間があったので、大一郎は少し寄り道をした。

「『開明堂の心』を守ってくれた。ありがとう」

「そうだね」

「それに、息子や孫のこともずっと見守ってくれてありがとう。感謝しているよ。本当に本当にありがとう」

「いやいや、いいんだ。それより、会って行くかい？」

「うん、そうだね」

「私の車で行くから乗って」

運転席に松木田、助手席に大一郎。外からは、松木田が一人で運転しているようにしか見えないだろう。

「この業界もずいぶん変わってしまったみたいだね。時代は世の中を変えてしまう」

シミジミとした面持ちで大一郎が言う。

「でも、人間の営みは変わらない。本というものの本質も変わっていない。だけれども、人の心は変わったかもしれないよね。いつまでも昔のままではいられないんだ。変わっていかなくっちゃ。私もそろそろ退け時だ。監査役の残りの任期もあと少し。これだけを全うして退くつもりだ」

「長いことご苦労様でした。本当に本当にありがとう」

しばらく無言が続き、車はとある場所に着いた。静かな場所に広い建物。介護付きの有料老人ホームである。

車を降りて、中に入っていく。何部屋目かの個室に、松木田眞理子の表札。

「こんばんは。眞理子」

「こんばんは。シンちゃん、今日も来てくれたのね。あら、ダイちゃんも来てくれたの。うれしい。ダイちゃんは昨日もおとといも来なかったね。お元気だった？　アキちゃんも元気？　そうだ、ダイちゃん、大きくなったら、私をお嫁さんにしてくれる？」

頷く大一郎。松木田が言った。

「マリちゃん、絵本読んで」

「マリちゃんは、絵本読むのが上手だもんね」

「いいよ」

眞理子が嬉しそうに答える。

「今日はどんな絵本なの。どれどれ～、『おばけがでるぞ』だって！」

そう、大一郎と松木田真三は長い付き合いである。幼少の頃、大一郎の妹の亞希子とその友達だった眞理子の四人で遊ぶ幼馴染みであった。大一郎と眞理子は、大人になったら結婚しようとお互いが思うほど仲が良かった。しかし、大一郎は、後に他の女性と結婚してしまう。実は、松木田は眞理子のことがず～っと好きだった。大一郎の手前、それが言い出せなかったのだが、大一郎が他の女性と結婚した後に告白。亞希子の仲立ちもあってそれが実り、松木田は眞理子と結婚したのだ。

……

「マリちゃん、今度は僕が読んであげるからお布団の中に入ってね」

「はーい」

穏やかな顔のまま眠りにつく眞理子を見ながら、大一郎は足元に感じていたこわばりがほどけるような気持ちになった。

「シンちゃん、ごめん」

「謝られることなんかないよ。長年連れ添ったんだから」

松木田は微笑んでいた。

「もう、行ってしまうのかい？」

「うん、明日には強制成仏だ。こうやって会えてよかった。ありがとう」

「な〜にダイちゃん、また会えるのもそんなに先じゃないさ。また一緒に話そう」

「そうだね。じゃあ……」

そう言うと、大一郎の姿は音もなく静かにだんだんと薄くなって消えていった。やはり名残惜しいのだろう。その消える時間は少し長かった。

21　抜擢される

朝晩の冷え込みが厳しくなり、通勤時にはからっ風が吹き荒れ、吐く息も白くなる二月を迎えていた。

由佳は営業推進部のチームリーダーになった。由佳も含め三人という少人数のグループだが、いよいよ管理職の一員である。将大は、事業開発室長に就き、同時に渋谷店長の長岡英樹が取締役に選任されて、店売統括部長に就任。併せて、営業推進部は長岡の担当になる。

また、渋谷店副店長の小山英子が渋谷店長に就く人事が発表された。

また、専務の村野は自ら辞意を表明し退任。昔の伝手でデベロッパー会社の役員にスカウトされたのだ。司朗社長は特段の慰留もせず、また傷口を触るようなこともしなかった。希望があった持ち株の一部の買い取り請求に応じ、一株主としての関係だけになる。

司朗は村野の退任について、由佳と将大に言った。

「『別れ際を大切に』だ。人間は礼に始まって礼に終わる。いろいろあったとしても、別れ際を大事にして、また会いたいと思われるというのがプロだ。覚えておきなさい」

大一郎のように言った。やっぱり親子だ。由佳は、「はい」と言いながら、気が付かれないように微笑んだ。将大は、「これでオヤジも、先代の時代からの重鎮への遠慮から解放された」と思った。


寒空の下、厚いコートを着込んだ由佳は、地下鉄・表参道駅から青山通りを足早に歩いていた。久しぶりに高橋美咲とスペインバルで待ち合わせなのだ。

店に入ると美咲は一足早く着いていた。

「う～寒かった～」

「元気そうじゃん」

「元気だよ～。久しぶりだね」

「そうだね。まずは、ワインとプロシュート」

美咲が真っ先に言い出した。

するとと由佳がスグに応じる。

「タパスの三種盛、シラスのアヒージョ、アンチョビのマリネと……」

「食欲旺盛！」

テーブルに白ワインが運ばれてきた。

きょうは辛口を注文した。適度に冷やした辛口の白ワインは、キリっとした酸味が感じられて食事に合わせやすくなる。

「まずはカンパーイ」

楽しい盛り上がりとともに、由佳が聞く。

「どうしてた？」

「仕事、大きくなっちゃって忙しかった」

「それでその食欲ね。今日は」

「まあね」

「こっちもいろいろあって」

「最近上場したIT企業と提携して、そこの仕事もやるようになったの」

美咲は好調らしい。声にもハリがある。

「へ〜凄いね」

「うん、面白いよ。スタッフも増やした。思い切って法人化して、事務所を借りて広げることにした」

「凄～い。それじゃ、いよいよ社長じゃん。高橋美咲社長！」

「うん」

「おめでとう」

凄～い。美咲も、頑張っているんだ。

「で、由佳は？」

「チームリーダーになった。係長ってとこかな」

「おお～凄いね。でも、気をつけなよ」

「えっ」

気をつける？　美咲のことばが気にかかる。

「店長候補の正社員で中途入社。しかも、外資の証券会社からの転職。そして、今度は本社の管理職なんでしょ。短い期間で」

「そうだけど……」

「男の嫉妬、女の嫉妬、オンナの敵はオンナっていうから。前の会社で、そういうのたくさん見た。だから、私はもう会社勤めはやらないと決めてるの。だからといって、これはこれでいろいろ大変なんだけどね」

「う～ん」

由佳はなんと答えていいのかわからない。唸るだけだ。

「私たちってもう三十超えちゃったよね。二十代の頃は、少々のことは許される。でも、もう違うからね。こっちが思うほど周りは発言を軽くは見てくれないってこと」

「カワイイだけではやっていけないってことか～」

「そう、影響力があるってこと。その発言で加害者にもなり得るってことを忘れちゃいけないんじゃない。私も、小さいながらも社長になってみて凄く実感するのよ」

そう話す美咲は管理職の顔になっている。いや、経営者の顔なのかもしれない。小さくても一国一城の主だ。由佳には美咲がオトナになったように見えた。

「謙虚さを忘れないことだと思う。威張る人より謙遜する人の方が好かれるって言うしね。結局、ひとりでは何もできないから」

「そうだよね。うん、ありがとう」

私って昔からついズケズケ言っちゃうからな……。でも、これまではそれが許されていたけど、これからは少し違う。美咲に言われると不思議なことにス～と入ってくる。こういうこと言ってくれる友達は、本当に有難い。

美咲は確かめるように頷き、話題を変えた。

「本屋さんも大変なんだよね」

「う～ん、業界的には厳しい」

「だけど、子どもには本を読んでほしいと思う。それも紙の本がいい。本屋さんはいつか世の中からなくなっちゃうのかもしれないけど、そんな世の中はどこかが間違っている」

「なくなっちゃうは言い過ぎでしょ」

「ゴメンゴメン。言いたかったのは、子供がキチンとした想像力とか持つようになるのって、小さい時の本からだと思うってこと。で、成長する。姉の子供を見ていて思うんだ。人格形成は成長からもたらされるのだろうから、本はその大切なツールかな。年齢を超えてね」

「そうそう、私たちもそうだったんだよね。でも、いいこと言ってくれるね」

由佳は本当にそう思った。生きていく限り「成長」していかなくてはいけない。そして、成長する実感を得るから幸せを感じられるのだろう。そこに本が果たす役割がか……。

「いいこと言うでしょ、私だって。で、御曹司とはどうなのよ？」

美咲は由佳を覗き込む。

「付き合ってもいいかなって、最近思ってる」

ちょっと考えてから由佳が答えた。

「えっ、そうなんだ。向こうはなんて？」

「相変わらず優柔不断な人だから。まっ、そのうち」

「由佳もそんな悠長なこと言ってると出遅れるよ。オトコに対しても勢いっていうのが大切」

「縁と運と勢いだっけ。美咲がいつも言ってるやつね」

「そうだよ。活発で逞しい土佐の女は、恋愛にも積極的なんでしょ、由佳」

「はいはい」

さあ、「やるっきゃないか」……いつもながら、ふたりで盛り上がるひと時となった。こういう関係は本当に気兼ねないからいい。そう思うと、由佳は幸せな気持ちになった。

翌朝、由佳はいつものように一方通行の細い道を通って三軒茶屋駅に向かう。相変わらずの満員電車に乗ると、車体の揺れに身を任せるしかない。揺られながら、昨日の美咲との会話の中で思いついた「成長する実感を得るから幸せを感じられる」を思い出していた。

「成長か……」

そんなことを考えていたら、これからの開明堂のあり方を改めて整理してみようと思いついた。

「まず理想とする姿を描く」……これは大一郎から教えられたことでもある。

具体的にものごとを進めるにあたっては、まず理想の姿を描き、それに一歩でも近づくにはどうしたらよいかを考え、手順を追っていくことだ。現場の共感を得られ、ブレずに全社に広がっていくためにもだ。

そうこうしているうちに、電車は渋谷駅に到着しドアが開いた。

午前も十一時過ぎたころ、由佳は将大に相談を投げかけてみた。

「そうそう、現場を巻き込んでいくためには、長岡部長にも声をかけて協力してもらうことが必要だな。むしろ、長岡部長を前面に立ててというくらいがいい」

将大はそう言って、軽くウインクした。一瞬だけ目を閉じる「こなれたウインク」だ。えっ、自然でカッコいい。ドキッとするじゃん……。「なっ」程度の意味合いなのだろうけれど、由佳はなんだかドキドキしてしまった。

「そ、そうですね。長岡部長って現場での人気がありますし、本社に来られたことで現場の声も束ねやすくなったことは間違いないです」

将大が真っ先に賛同してくれ、一緒に考えようと言ってくれたことが嬉しかった。ちょうどそこに、長岡が別の打ち合わせから帰ってきた。早速、由佳と将大は長岡に提案してみると、長岡は喜んで協力を約束してくれた。

「私もね、役員になったことを機にそういう観点から整理してみたいと思っていたんだ」

由佳が長岡に聞いた。

「ストレートな質問ですけど、ウチは何を提供するのがミッションだと思われますか」

「そうだな、知的偶然の出会いかな。ワクワクするような」

長岡が即答した。

由佳が意見を促すように将大の方に顔を向けた。

すると、将大は頷きながら「店内をうろついて面白い本を発見するという楽しみですかね」と言った。

ネット書店では欲しい本がある時はすぐ手に入るので便利。しかし、うろつく楽しみは味わえない。これをリアル書店の大きな特色にしていくことなんだ。

由佳は、改めて『書籍そのものが持つ良さを前面に出していく』という基本を大切にしていくことが、開明堂が担っていくべき姿だと確信できたような気がした。

「そういう意味からも書籍の棚作りは大切なんだよな。書店にとっての命みたいな。お客さんに提案していくプロモーション活動そのものだと思うね」

長岡は、そう言いながら、長年にわたって現場で自分自身がやってきたことを噛みしめているようだった。

「ワクワク感の提供は、時代が変わっても求められるのですね」

「それが、先代の時から言われている『知の空間・好奇心の空間を楽しもう。文化はここにある！』なんだよ。きっと」と、長岡がまとめるように言った。

気が付けば一時近くなっていた。

「腹が減ったな。昼まだだろ？　遅めになったけど、ランチはどうだい」

長岡が由佳と将大を誘い、三人でランチに出ることになった。

オフィスからほんの少し歩くと、賑やかな渋谷駅周辺とはガラッと異なる静かな落ち着いた雰囲気に変わる。神谷町・富ヶ谷から代々木八幡へと続く一帯で、最近は「奥渋谷」と呼ばれ人気がある。その中の小さな和食のお店に入った。

「いらっしゃいませ」

愛想のいい女将が明るい声で迎えた。

「いいお店、ご存じなんですね～」

　由佳が少しはしゃいだ。

「まあな、私も渋谷店長が長かったし、地元ってことで。このあたりは先代も好きなエリアだったらしい。ぶらりと歩くとアイディアのヒントが出てくる気がする」

　そうかもしれない。昔ながらの商店街を残しつつ、個性的でしかも気軽なお店や雑貨ショップなどが並んでいる。これがいいのだろう。

　三人は本日のおまかせランチ定食を頼んだ。

「でも、このお店に来るのは二回目なんだけどね」

「な～んだ～」

「実は、渋谷の店長になった小山英子さん、結婚するというんで、先週の夜、ここでそのお相手と三人で来たんだ」

「えっ！　ご結婚されるんですか？　で、お相手は？」

　驚く由佳の声がひと際大きい。

「お相手は？」

　将大も乗り出してきた。

「それがね」

「も～、モッタイぶらないでくださいよ」

「それが、なんと修学社の橋元営業部長だって」

「え～、やっぱりそうだったんだ。むか～し、お付き合いしていたとお聞きしてました。長～い恋だったんですね。ステキ～。それはよかったです。明日、渋谷店にご挨拶に行こっかな」

これは素晴らしい話である。

嬉しそうにはしゃぐ由佳。テンションが上がっている。「結婚かぁ」……由佳はちらっと将大の顔を見た。将大はニヤニヤしているだけだ。この人、何か気づかないのかなぁ。

「おいおい。あまり騒がないでほしいって言ってたよ。お互い若くないしって。あっ、これは失礼だったかな」

三人は、そろって小山英子の成婚を心から喜んだ。

「ところでさっきの話ね、結論の仮説は漠然としながらも共有できているようだけど、現場の感触も探ってみることが必要だと思う」

と長岡が言った。すでに自分から前面に出ていきそうな気配だ。

タイミングを見計らい由佳が言った。

「そうですね。おっしゃるように、手分けして現場を回ってみようと思うんです。ヒアリング対象候補はどうしましょうか」

「そうだな。一度、私がピックアップしてみるよ」

「やはり、それがいいです。ぜひお願いします」

将大が軽く頭を下げ、由佳の顔を見て頷いた。

「わかった。うまく進められるよう、連携をとりながらやっていこう。知的で楽しいワクワク感を提供できる開明堂づくりのためにな」

長岡からの力強い言葉は、由佳と将大を勇気づけた。


由佳と将大は、これからの開明堂のあり方をまとめるにあたって、手分けして現場ヒアリングを始めた。長岡がリストアップしたヒアリング先には、意識の高そうな若手が含まれている。中には、渋谷店の石丸や町田店の黒谷も含まれていた。

町田店の黒谷は、将来的に特色のある専門ジャンル店があっていいという。また、他業態とのコラボについても、カフェだけではなく、本との親和性を大切にしつつ、もっと幅も広げるべきだという意見が聞けた。

渋谷店の石丸からは、女性店長の少なさや女性役員の不在について変えていく必要があるという意見が出る。石丸らしいなと思う。「ぜひ児童書を特色のひとつに」というのも石丸から提案として出た意見だ。渋谷店で特色ある児童書コーナーづくりを任され、好評と他店にも聞こえている。さらにステップアップしたいという石丸の向上心なのかもしれない。

他の若手からは、電子書籍やネット書店との違いを大きく打ち出す。つまり、紙の本ならではを欲しているお客さんは必ずいるので、違いをもっと強調して取り込みたい……などなど。

何回かのヒアリングを経て、いろいろと課題が浮き彫りになりながら、『あり方』が見えてくるようだった。共通しているのは、棚づくりの大切さの再確認と本の持つ知的なイメージを活かした展開を目指すべきといったところだろうか。

なによりも大きな収穫は、「本が好きで」「本を手にしてほしい」という強い思いを持ち、そのためにいま自分に何ができるのかを真摯に考えている若手がたくさんいるということに気付けたことだ。これは大きな財産だと、由佳は改めて心を強くすることができた。

22 飛び立つ兆しを観る

由佳は、営業推進部のチームリーダーとして『知的偶然の出会いの場』をさらにブレイクダウンしてみることにした。

「人は、何かを切り拓いていけそうな気持ちになることで、やる気が出て自信ある行動が可能になるんだと思うんです。そして、成長する。幸せにもなれる」

由佳が長岡との打ち合わせの場で言うと、それに応えて長岡が言った。

「書籍とそれとつながるような商品やサービスを提供できる拠点になり、そこで働くウチのメンバーがそういう気持ちで係っていってくれたらいいね」

「そこで、児童書って基本的に成長物語だと思うんです。登場人物が成長するお話が多い。しかも、電子化されにくいし、お孫さんへのプレゼントという需要も多い。なにより、児童書を読む子供たちは、まさに大きく成長していく段階です。その歳々で手に取る本に導かれるように成長していく」

長岡が頷きながら聞いている。由佳はさらに続けた。

「それと、学参（学習参考書）も成長のための本です。やはり、まだまだ電子化には遠いと思います。ですから、児童書を読む歳頃の子供の時から本と本屋に馴染んでもらって、その子の成長は常に本とともにあるという感じ。それは大人になるまで続いて、つまりは将来のお客さまづくりにも繋がりますよね」

「北川、基本的にはその通りだ。ただ、都心の店と郊外の店では扱い方が異なるということはあるだろうな。都心部のビジネス街とかだったら、お客さまはビジネスパーソンが多くなるから、その人たち自身の成長に直結しそうな本のニーズが高いよ」

「そうですね。そういう場所では、タイムリー性を持った面白いビジネス書で展開していく必要がありますね」

そう言って、由佳はこれまでに見てきた各店を思い出していた。

「それから、絵本や料理なんかも紙の本でリアル書店の良さが出やすいです。きっと」

それを受けて長岡は頷く。そして、ゆっくりと言葉を選びながら続けた。

「そうだね。リアル書店は、ネットでは届かない『モノ』としての本の魅力を強く意識してもらえるような品ぞろえと棚づくりの工夫が命になる。そして、それを実感してもらえる『場』になって、とにかく書店に足を運んでもらうことでたくさんの『コト』に繋がるようになる。そのためには、コラボがひとつのキーワードになるんじゃないか。本だけでは限界があるからね」

「異業種とのコラボですよね。リアル書店の制約を活かして、リアル書店の特色としていかなくちゃならないですよね」

そう言ってから、由佳も深く頷いた。由佳の目はやる気に満ちて輝いていた。

さらに言えば、本屋にはこだわるが、『紙の本』に固執するのではなく、本や電子書籍、セミナー、演劇、旅などコンテンツを楽しむ媒体をお客さまに選んでいただく……そういう『場』とする。それくらいウイングを広げていく時代なのかもしれない。

「会社としては大枠は示すけど、各店の裁量の余地はキチンと残していこうと思う。やはり、全員を巻き込むこと、参画意識を持ってもらってというのが大きな意味を持つ。閉塞感を打ち破る力はいつの時代も必ず現場から出てくるものだ」

「そういう環境をつくれるように、精々頑張るよ。任せてくれ。店売統括部長という立場もフルに活かせる。私も長いこと現場だったし、先代に鍛えられたつもりだから」

そんな長岡の心強い言葉を聞いて、由佳は自分のやるべきこと、進むべき道を確信した。そして、また一歩踏み出そうとしていた。

半年が経過した夏の暑いある日、長岡と由佳は新装開店した二子玉川店を訪れていた。

渋谷店の石丸の提案を実現したいと考えていた長岡は、由佳と将大の協力を得て、新しいプロジェクトとして「こどもワクワクブックランド」構想をスタートさせていた。

旧来の二子玉川店を全面改装して、国内最大級の絵本と児童書専門館としてリスタートしたのだ。「こどもワクワクブックランド」一号店である。渋谷店を母店として、渋谷店長である小山の管轄下だが、ここの店長には石丸が起用された。石丸は既に渋谷店で児童書コーナーを任され好評だったため、これをさらに規模も拡大して専門のお店作りを始めた。

新装開店して一カ月ほどが経っていた。

「やあ、石丸さん、どうだい、絵本と児童書専門館の店長は？」

石丸を見つけて、長岡が聞く。

「いらっしゃいませ。来ていただけて嬉しいです。あっ、北川さんも来てくれたんだ」

石丸の表情が明るい。準備からず～っと頑張り続けているのだろうが、疲れを全く感じさせない。

「渋谷店から君を抜いたんだから、小山店長にはブーブー言われたよ。戦力低下だって」

「そんな……。でも、渋谷の若手は育っていますよ。長岡さんの時代からいまも養成機関みたいな感じですかね。そうそう、渋谷店同窓の北川さんには負けられませんから。あっ、北川さんは転校生でしたけど」

石丸はやっぱり一言多い。

「言うね。そうだった。いいライバルだよな。君たちは」

長岡は苦笑いしながら、由佳の顔をみた。

由佳も立ち上げにあたっては、吉祥寺店長の若槻のリーダー像を参考にしながら、アドバイスをした。長岡も将大もその様子を頼もしく、まぶしく見ていた。ふたりは、いままでも、そしてこれからもライバルなのだろう。

店内は綺麗な空間づくりに注力している様子がうかがえる。幼児用の絵本、ママ用の育児書、小学校低学年用名作、子供が喜びそうな雑貨類が気持ちよく並ぶ。目を端の一画に移すと、そこは小学校高学年向けの名作が並ぶコーナーとなっている。さながら、子どものためのセレクト・ブックショップといった感じかもしれない。

「選書コンセプトは、いま売れている本ということではなく、親が子どもに読ませたい本とか、親が子どもに好きになってほしい本としています」

石丸が説明してくれた。その声が自信にあふれている。

店員のなかには保育士の資格を持った者もいる。さらに資格はないものの、小学校・幼稚園で低学年向けに「絵本の読み聞かせ」を何年もやっていて、今回、採用されたという者もいる。

「幼児教育に理解のある方にスタッフになってもらおうと思って」

石丸が言った。

「やっぱり、幼児には紙の本が適しているんですよ。スマホとかタブレットはちょっとね……。おばあちゃま、ママと読み継がれたような絵本がやはりコンスタントに売れます」

「それ、私が渋谷店に入ったばかりの頃、石丸さんに教えてもらった。よ〜く、覚えてま〜

す」

　由佳は石丸と目が合い、どちらからともなく笑った。長岡も苦笑い。由佳は懐かしさと嬉しさが入り混じった気持ちになった。

「お客さま層はどこをターゲットにしているんだい？」

　長岡が聞くと、待ってましたとばかりに石丸がすぐに答えた。

「やはり、想定したように、ママさんを連れた幼児とか小学校低学年のお子さんが主な層ですね。それと……小学三年〜六年くらいの児童です。一人でやって来ることが多いんです」

　実は、この店の上の階には近くのビルにあった人気の進学塾に入ってもらった。テナントとしての家賃収入も得る。

　この進学塾でのいわゆる「勉強」は小学三年生からの入会となる。その準備期間としての幼児・小学一・二年生を母親とともに誘致。その後は、ここの進学塾に一人で通ってくる四年間と併せての六年間を本屋とともに過ごしてもらうということが、隠された狙いになっている。そのためにと近隣の幼児教室とも提携した。

　この進学塾のホームページによれば、小学一・二年を「きっずインターン」のステージと位置付けているらしい。そのステージの囲い込みの一環になるのだ。さらに、進学塾に通ってくる三年生以上の小学生は、塾の帰りにこの店に寄り高学年向け名作を読んで買っていく……。これもコラボといえるだろう。また、学参（学習参考書）は渋谷店に誘導するといった連携もできるし、よくできた戦略になっていると、由佳は改めて感動した。

「あ〜、間に合った」

渋谷店の小山が顔を見せた。

「石丸さんも頑張って、いいお店になりましたね」

由佳が嬉しそうに言った。

「そうよね。石丸さんを異動させるって言われた時は、戦力低下となっちゃうんでちょっと困ったんだけど」

「だから、小山さんがここも管轄することにしたのさ」

すかさず長岡が言う。

「ったく、長岡さんにはやられたわよ。本当にっ」

「いやいや、優秀な人にはドンドン活躍してもらおうということさ」

久しぶりに懐かしい面々がそろい、盛り上がった会話になった。皆それぞれに新しい役割と新しいステージで自分をいかして活き活きと動き出していた。


チームリーダーとしての由佳の日常も順調に過ぎていた。そんなある日……

「忙しそうだね」

司朗社長がふらっと由佳の席の近くにやってきた。

「はい、各店も順次装いを変えていっています」

「そうだな。二子玉川店、吉祥寺店、町田店と覗きに行ってみたが、以前と比べて随分変わったなあ。とくに、絵本専門館の二子玉川店は面白い。絵本と児童書の専門館としてこれから場所を選んでシリーズ化できるかもしれない。思い切ってゴーサインを出してよかったよ」

「はい、そう思います。石丸遥さんという適材がいたこともとても大きいです。彼女の好きな分野でもありますし」

由佳は石丸のことも褒めた。

「それと吉祥寺店のエンタメ特化もいいな。若槻店長もがんばっているね。スタッフの自主性の活かし方はなかなかだ」

「そうですよね。私も吉祥寺店でお話をお聞きしてとても関心を持ちました」

由佳はそう言って、自分のことのように頷いた。

「いろいろ工夫もしている。古本を巧みに入れ込んで利益率を確保したりとかもね。新しいアイディアがまだまだあるらしい。近く提案したいとか言っていた」

「はい」

「あの近くに二号館をつくるのもありかなと思う」

「それはいいかもしれませんね。あっ、町田店はいかがでしたか？」

「町田店ね。あそこも面白くなっていた。まずＰＯＰがこれまでよりたくさん溢れていた。印刷されたものじゃなくて全部手書きのＰＯＰで、かなり迫力がある。それと、文芸書の棚に行くと、棚に差す著者の名前が書かれた札の代わりに、著者の顔写真とプロフィールの入ったパネルが並んでいてね。床には特設コーナーへ誘導する矢印が点々と店の奥まで続いている」

「あっ、それ黒谷さんのアイディアですよ」

「あ〜、そうそう。今度、副店長になってもらった女性だ。作家さんの顔が分かると親近感が湧くだろうからと言っていた。そのためのイベントも力を入れている」

「それいいですね」

「別の店でウチのアルバイトの人に聞いてみたことがあるんだ。最近の作家の名前挙げてみてって。そうしたら作家さんの名前、せいぜい二〜三人しか出てこないんだよね」

「そんなものかもしれないですね」

「店頭で作家の顔と名前と略歴がわかるようにしたら、お客さまもわかりやすいかなってことで、ああいう棚づくりを始めたと黒谷君が言っていたよ」

「本屋の店頭が楽しい場所になるネタのひとつになりますよ。きっと」


本が売れるために必要なことは？　それには、「いい本」「面白い本」は絶対条件である。とはいっても、「いい本」「面白い本」がただ並べてられていれば売れるわけではない。読者の最前線にいる者として、書店員が努力していかないとダメなのだ。これは、どこの業界でも多かれ少なかれ同じだと由佳は思う。

少女・女性向けコミックスの立ち読みを可能にするために、敢えてシュリンク包装を廃止するという試みを始めた店もある。これは、電子書籍版のコミックスで【試し読み】を設けると売り上げが増えているというデータをヒントにしたもので、「まずは読んでもらうため接点を増やしたい」と、包装を解くことを試みたのだ。その結果、コミックスコーナーのお客さまが増え、売上向上に寄与しているらしい。やはり、実際に触って何ページかを読めるというのはリアル店舗の強みだ。

さらには、「忙しくって本屋にいけない、最近同じような本ばかりで出会いがない」といったニーズに対して、五千円とか一万円といった一定金額で本を選んで定期的にお送りするという会員サービスを始めた店もある。お客さんからはあらかじめ好きなジャンルの希望を聞いておき、店長が中心になって選書していく。とにかく読書好きには面白い試みかも知れない。選ぶことになるこちらのスタッフも本選びが真剣になるので、本来の棚づくりにも役立つ。いろいろと試行錯誤は大切である。

司朗が続けて「書店の命は棚づくり。それが提案力。決定権をこれまで以上に現場に委譲したことが利いてきているのかな」……と、自分の判断で良い結果が出ていることを素直に喜んだ。

「本当にそうです。皆、伸び伸びとアイディアを出して実践しています。それと、ウチの店のビルに同居しているカフェやビジネスホテルも、連動して稼働率も上向きのようです。最近の訪日客の増加もウチのビジネスホテルへの追い風になっているようですね」

「本以外での利益拡大は、生き残っていく戦略としてもウチの大きな強みのひとつだ。人を呼び込むという相乗効果もある。しかし、書店員が第一にするべきは本を売ることだし、面白い本を目利きすることだと思う。経営的にはそういう環境をいかに作っていくかが重要だろう。とは言っても、最近の動きはまだまだ初動段階だから、慢心せずよく注視しておこう。北川君もさらにいい仕事をしてくれ。頼んだよ」

司朗は真面目な表情で言った。

「はい」と言って、由佳は頷いた。

由佳にはもうひとつぜひ取り組みたいことがあった。社会的に必要な読書文化と書店文化を残すことをなんらかの形でやろうという取り組みである。

本が好きな人は、本を読んでいろいろなことをインプットできることが楽しい。しかし、それが一定水準以上になると、今度はアウトプットもしたくなってくるものである。

リアル書店にとって電子書籍は脅威であることは事実だが、他方で、紙の本の出版に比べると、電子書籍として世に出すことのハードルは格段に下がるということも事実である。

ある日の昼休み、この日の由佳のランチは会議室でコンビニ弁当だ。由佳はふと一緒になった将大に呟くように言った。

「自己出版とか自費出版ででも、本を出したいと思っている人ってかなりいるんでしょうね」

「そうだね。本好きの人は、きっといつかは自分でも本を出してみたいと思っている人って多いと思うね」

「でも、現実にはなかなかハードルも高いから諦めちゃう人も多いでしょうね」

「自分の文章がちゃんとした活字の文章になるというのはとても嬉しいものだし、凄いことだと誰もが思っているよね。我々の世代だと、ＰＣがあって文章が活字化されるのは普通だけど、オヤジの世代なんかになればそうじゃなかったはずだから余計そうなんだろう。これは、世代を超えて共通だと思うけどな」

「それが、本というものになれば、これは興奮ものですよね」

「そうだね」

「それが、いまでは電子書籍という手段があって、出すのもぐーんとハードルが低くなった……」

「しかし、出せばいいというものでもないよ。内容のないものや読みにくいものなんかが乱発されてもね。自己満足だけではいただけない」

　由佳は弁当を食べる箸をおいた。

「そこなんですよ。だから、電子書籍の制作支援とか電子書籍の販売促進に関する適切なアドバイスがあれば素晴らしいと思いません？」

「ん〜、なるほど、それはあるかもしれない」

「まずそこで出して、それから紙で出す。美しい装丁本で出版すると……」

「それをウチでどう関わるんだい」

将大が身を乗り出してきた。

「たとえば、開明堂で専用サイトを立ち上げて、作品投稿募集。そして、そこでの人気作の書籍化出版支援を行う。まず電子版、次いで紙版。いえ、同時でもいい。というのはどう？書き方セミナーをウチで開催するというのもいいと思います」

「ほ～。でも、そういうサイトは既にあるんじゃないだろうか？」

「それ、開明堂の名前でやるんです。その本をウチで優先的に取り扱う。そうすれば、それなりに売れると思うけどな」

「作家の発掘かい？」

「ネット作品の書籍化ってとこかしら。『開明堂を使えば面白いことができる』と思ってもらえれば、知のワクワクを求める人たちが集まるサイトになって面白いかと」

「知のアウトプット相談の広場かな」

「そうそう」

いつのまにか途中から合流した長岡が口を挟んできた。コーヒーの入った紙コップを片手に持っている。

「しかしな、それだけではつまらない。どうせなら、もう少し幅を広げてみる方がいいかもしれないけど、採算の面ではどうかな……」

長岡からは、採算性の観点からあまりいい返事がもらえなかった。しかし、「非営利の形で区分してなら、なにか突破口があるかもしれない」とポツンと呟いた。

それを聞いた将大は、思い切って後日司朗に話を持ちかけてみた。するとし司朗は、少し考えてから「それなら、石山読書文化財団の事業にするというのが面白いかもしれない」と言った。

そう、開明堂の株式一三%を保有している財団である。石山大一郎が生前に読書文化の普及と次世代への継承、そして一冊でも多くの本を読者に届けるという使命を広げていくことを目的に設立した。この財団を活かそうというのである。

この結果、その傘下にNPO法人「開明堂読書会」が設立されることになった。

設立資金は、石山読書文化財団、石山社長、それと監査役を任期満了で退任していた松木田が開明堂の持ち株の一部を出資に回して充てた。

将大が理事長となり、数人の専任スタッフを雇用する。名誉理事長には監査役を退任した松木田になってもらった。松木田からは、「もう歳だから退く」と言って固辞された。しかし、読書文化を広げ本屋の役割を次世代に継承していく……という趣旨を背景にした強い要請に松木田は逆らえなかった。とくに、「開明堂の心を残す」が決め言葉になり、松木田は「あくまでも名誉理事長。せいぜい一～二年」と言いながら、満更でもなさそうだ。

当面の事業としては、一般個人からの古書寄贈受付とその寄贈を希望する全国図書館のマッチング事業、電子書籍制作支援事業、幼児・児童向け読書振興事業、大人向けエンターテインメント小説読書振興事業などである。

このなかでも由佳は、専用サイトによる作品投稿募集、そこでの人気作の書籍化出版支援に力を入れようと思った。将来の収益事業になる可能性を見出していこうという狙いである。趣旨を伝え社内公募をしたところ、早速数名の若手と中堅どころが応募しスタートすることとなった。こうした試みの影響が開明堂全体にそして世の中に少しでも広がってほしい……と由佳は思った。

エピローグ

由佳は司朗のいる社長室にいた。

司朗は期の変わり目近くなると、次の期の社長方針をまとめるにあたっていろいろなセクションや立場の人間の話を聞くことにしている。雑談のようなディスカッションは欠かせない。由佳もヒアリングされる対象者の一人になっている。

由佳が今期を振り返りながら言った。

「社長、若手をあちこちに抜擢してくださいました。それから、個人の成果主義評価システムからグループの行動や、長所をどれだけ見出したか……といったことを評価対象にするということも大きな意味があったと思います。経費削減も単なるケチケチのような運用ではなくなりました」

司朗も振り返りながら言った。

「コスト管理の強化、成果主義の結果、組織力を下げているという将大や北川君たちからの指摘にはハッとさせられた」

「もちろん、野放図な支出はいけませんし、成果をあげた人を適正に評価をするのは当然ですが、業務プロセス変化を踏まえた組織運営をしていく……ということが必要なんだと思います。おカネを使う時には、『一石三鳥を狙って、また一点豪華主義のように効果的な使い方を』でしたっけ？」

それを聞いた司朗が、少しニンマリしながら言った。

「その通りだ。そうそう、近頃『きっと北川は、将来の開明堂を背負って立つよ』という声をチラホラ聞く。たしかに、先代の発想に似ているところがあるしね」

「いえいえ、そんな滅相もない。自分の役割をここに見つけて、精一杯やっているだけです。こうやって楽しくやらせていただいていますから」

慌てて、由佳は両手を振って本気で打ち消した。組織のなかでの生き方は難しい。嫉妬や妬みほど怖いものはない。謙虚、謙虚と……。

司朗は嬉しそうに続けた。

「精一杯、真摯に取り組むということから、先が拓けていくというものさ。周りの皆も認めざるを得なくなる。それと、謙虚さは忘れるなよ。人の気持ちは理屈だけじゃないんだ」

やはり、社長には見えているんだ。闇雲にガンガン行けばいいというものではない。周りも立てながらやりなさいということなんだろうね。そういえば最近、山碕や石丸、黒谷との距離が心なしかできたような気がしないでもない。気をつけなくっちゃ。

「いま、未来に不安はありませんっていう本屋はないな。でも、本の持つ知的なものへのニーズはなくならない。楽には儲からないのだろうが、ここは工夫のしどころ。君たちの時代が始まっていくんだ」

司朗は「将大もそろそろ経営に参画を」と促しているようだ。由佳も同感である。しかし、将大はいまスグに直接の経営に就くというよりも、今後のことも考えて、もう少し広い観点で見てみたい。そのためにももっと現場と接していたい。自由に動ける立場で実績を積んでみたいと言う。ともあれ、将来のプランを語るという意味では、由佳も将大も同じ思いである。それぞれの持ち味から、ふたりは語り合い共に夢を大きく膨らませていた。

各店の動きも軌道に乗り始めた「ある日」、由佳は将大との打ち合わせが長引き、ふたりとも猛烈な空腹であることに気がついた。そして、そのまま近くの和食の店に入り空腹を満たした後、将大がおもむろに口を開いた。

「ずっと思っていることがあるんだけど……。仕事だけでなく、プライベートでも、ず～っとこうした時間を持ちたい」

一瞬驚いた由佳は、思わず「どうしたんですか。急に」と言ってしまう。

「君のことが好きだから」

将大が照れた表情で告白する。

「ようやく言ってくれたね」……由佳は心の中でそうつぶやき笑顔で頷いた。

だがその直後、ガチャンと食器が割れる大きな音がした。食器を運んだお店の人がうっかり手を滑らせて落としてしまったらしい。話はそこで中断してしまった。

「もうっ、せっかくいいところだったのに〜」……将大からの告白を受け頷いた由佳だったのだが、将大が気づいたかどうかわからない。その翌日の将大はいつもと変わらぬ表情で仕事の話だけしかしなかった。

なによ……。せっかくの将大の告白も不完全燃焼で、由佳はちょっと不満な気持ちでいた。


そして、「告白」の二日後の夕方。由佳と将大は久しぶりに定時で会社を出た。コートを着なくても大丈夫な季節となり、道を歩く人々の服装も明るくなってきた。こんな日は吹く風も心地よい。ふたりは喧騒の真っ只中である渋谷駅周辺を抜けて宮益坂を上り、青山通りに入ったところまで歩いた。

「私のこと……こんなガンガンやっちゃうタイプなのに、好きと思ってくれたの？」

歩きながら由佳は、思い切って将大に聞いてみた。

「うん、強い女性だと思った。ハキハキ、サバサバしている。そして、明るい性格でしっかり者かな。でもね、由佳さんはピュアな女性だと思ったんだ。素敵な笑顔といい意味でハイテンション。そして、時にはタガが外れたようなボケな対応もする」

「なんだか天然って言われているみたい〜」

由佳は、ちょっとイタズラっぽく笑って歩きながら将大を見つめた。

「いや、そうではなくって、きっとご両親から愛情をいっぱい受けて育ったんだと思う。だからだろうけど、由佳さんと一緒にいると幸せな気持ちになるのさ」

「へ〜、嬉しいな……。よく観察してたんですね〜」

「ただし……」

そう言うと、将大は立ちどまって由佳を見つめた。

「えっ？」

「怒った時の由佳さんって、これはこれで凄っく怖いね。物凄っく！」

「もうっ！」

ふたりは、お互いの顔を見つめて笑い合った。そして、将大は由佳の肩をそうっと優しく抱き寄せた。


由佳は思った。

人生において大切なことは、成功を目的とするよりも成長すること。その成長は新しい状態をつくり、新しい場を作る。その過程が構造変化であり、新しい創造でもある。そして、それを実感できることが幸せなのだろうと。

そんなことを考えながら、自室の本棚にゆっくりと目をやった。

「成長を一緒に感じることができる人に巡り会えることは、さらに幸せなことですね。ねっ、会長」

その時、本棚の一番手前に大切に置いてある石山大一郎の著作『ワクワクを求めて！　その実感を一人でも多くの人に届けることが使命である』が、ホンの少しだけカタッと動いたような気がした。

完

※登場する人物、会社・団体名はすべて架空のものです。

あとがき

「書籍はともかく、雑誌が売れなくなりました」

「リアル書店はこれからどうしていけばいいですかね」

　これは、前作のプロモーションのために訪問したある大手書店の店長さんから投げかけられた言葉です。この構造的な変化はどこからきているのだろう……。本書の着想はここから始まりました。


　たしかに、電車に乗ると多くの人が自然とスマホに手を伸ばし、車内の乗客の大半がスマホかタブレットを見ているという風景が当たり前になっています。本を開いて読んでいる人は見かけますが少数派。もはや、車内で紙の新聞を読む人は絶滅危惧種状態で、紙の雑誌を読む人もあまり見かけません。

　スマホの本格的な普及は二〇〇八年八月から始まり、二〇一一年以降急速に拡大して今日に至ります。また、この二〇〇八年といえば、九月にはアメリカ第四位の大手投資銀行が経営破綻し、世界金融危機顕在化の引き金になった年でもあります。さらに、二〇一一年三月には未曽有の東日本大震災が発生しました。

気が付けば、あれから世の中は随分と変化しています。バブル後の世界の変化をさらに加速させたようです。失業率は改善し、倒産企業数は減少、金融機関の姿勢も様変わりです。また、女性の就労率の大幅な向上、定年延長なども広がり、働き方も多様なものになってきています。パワハラ、セクハラ、マタハラ……も日常でよく聞かれる言葉になりました。AIへの期待も高まり、コミュニケーションの楽しみ方も変わってきています。新しい時代が大きく広がってきているのです。となれば、企業をとりまく市場構造も変わらない方が不思議です。


さて、本書ではある準大手書店チェーンが舞台になっています。ただ、書店が舞台ではあるものの、いわゆる「書店もの」とは少し異なり、異業種から転職してきたある女性が思わぬ活躍をしていくというビジネスドラマです。閉塞感の出てきた会社の組織の中で、抗いながらも自分の生き方を見出していく姿を描きました。

しかし、実際のところ本書の主人公「由佳」のような女性は限られているかもしれません。このようになれと言われたら、尻込みしてしまう向きも少なくないような気もします。「女性活躍」が叫ばれて久しいのですが、現実のビジネス社会は男性の思考に合った形でできているという構造的なものは厳然たる事実です。だからといって、女性をただチヤホヤして優遇すればいいという簡単なものでもないでしょう。まずは、男性が女性との思考の違いを知るということが必要なのだと思います。そして、もちろん女性もその違いを知る。互いが互いを知ってこそ、本当の「女性活躍」につながるのではないかと思うのです。

ともあれ、どのような時代にあっても人間の営みは続きます。自分自身の試練を乗り越えて切り拓いていこう、そして幸せになりたい、という気持ちは今も昔もこれからも変わらないはずです。企業も同じです。厳しい市場環境や閉塞感のなかにあったとしても、自らと向き合いそこに潜む可能性を掘り起こそうと挑戦していくものです。

では、人はどのようなときに達成感とか充実感を感じるのでしょうか。成功したとき……もちろん成功すれば嬉しいというのは決まっています。しかし、幸せを実感できるのは、成功というよりも、成長しそれを実感したときだと思います。その「成長」は、「変化」から始まる。すると、新しい世界が広がって幸せを感じることができて充実するのです。

かといって、「変化」はなにも外的なアクシデントを待つまでもなく起こせます。ホンの少しでも「視点」を変えるだけで、ものごとの価値や意義が変わってきます。本書の登場人物たちも、「視点」を変えながら自分の役割や居場所や生き方を見つけようと努力します。極端なことを言えば、「変わりたい」と思った瞬間から、その人はもう既に変わり始めているのかもしれません。

いつの時代でも「いまの若いものは……」と言います。しかし、どの時代の若い人も捨てたものではありません。真剣に仕事や人生のことを考えているのは同じです。常に未体験への挑戦でしょうし、何とかしようと懸命に葛藤をしているはずです。そして、それを超えたときに成長がある。それを実感できると楽しくなって面白くなって、「いい仕事ができた」と嬉しくなってきて、幸せを感じることになる。こうした好循環になればしめたものですよね。本書がそうしたことを考える一助になれるのなら、筆者としては幸いです。

本書を書くにあたって、前作に引き続きたくさんの方々からご示唆やご助言をいただきました。そして、取材に応じてくださった書店関係の方々に感謝申し上げます。今回も、財界研究所の芝原公孝取締役から温かいご声援をいただいてまいりました。また、構想初期の段階での菅野徹さんとのディスカッションのお陰で、進めることができました。さらに、前作に引き続いて出版をお引き受けくださったリーブル出版の新本勝庸社長と坂本圭一朗専務取締役には、貴重なご指導をいただきお世話になりました。

この場をお借りして、すべての皆さまに厚く御礼を申し上げます。

二〇一八年十一月

鈴木孝博

【参考文献】

・嶋口　充輝『戦略的マーケティングの論理』誠文堂新光社　一九八四年
・栗木　契・水越康介・吉田満梨『マーケティング・リフレーミング』有斐閣　二〇一二年
・山口　周『世界のエリートはなぜ「美意識」を鍛えるのか?』光文社　二〇一七年
・細谷　功『会社の老化は止められない』日経ビジネス文庫　二〇一六年
・日下　公人『優位戦思考で世界に勝つ』ＰＨＰ研究所　二〇一四年
・ルディー和子『経済の不都合な話』日本経済新聞社　二〇一八年
・大川　功『予兆』東洋経済新報社　一九九六年
・竹村亞希子『超訳・易経 自分らしく生きるためのヒント』角川ＳＳＣ新書　二〇一二年
・黒川伊保子『夫婦脳』新潮文庫　二〇一〇年
・黒川伊保子『成熟脳』新潮文庫　二〇一八年
・有川真由美『三十歳から伸びる女　三十歳で止まる女』ＰＨＰ文庫　二〇一五年
・大谷由里子『オンナの敵はオンナ』きずな出版　二〇一六年
・瀧波ユカリ・犬山　紙子『女は笑顔で殴りあう：マウンティング女子の実態』筑摩書房　二〇一四年
・山﨑　武也『なぜか「好感を持たれる女性」の生き方』三笠書房　二〇一二年
・松本　晃一『アマゾンの秘密』ダイヤモンド社　二〇〇五年

・石橋　毅史『「本屋」は死なない』新潮社　二〇一一年
・星野　渉『出版産業の変貌を追う』青弓社　二〇一四年
・田口久美子『書店繁盛記』ポプラ社二〇一〇年
・田口久美子『書店不屈宣言』筑摩書房　二〇一四年
・大井　実『ローカルブックストアである』晶文社　二〇一七年
・ＮＲ出版界『書店員の仕事』ＮＲ出版界　二〇一七年
・額賀　澪『拝啓、本が売れません』ＫＫベストセラーズ　二〇一八年
・ダグ・スティーブンス『小売再生：リアル店舗はメディアになる』プレジデント社　二〇一八年
・林　智彦『電子書籍ビジネスの真相』CNET Japan　二〇一二年一〇月〜二〇一六年七月

出版流通、出版市場についての記述にあたっては、公益社団法人全国出版協会・出版科学研究所がまとめた統計資料などを参照。

著者プロフィール

鈴木孝博●すずきたかひろ

慶應義塾大学商学部卒。野村證券、CSK（現・SCSK）、CSKホールディングス副社長、UCOM（現・アルテリア・ネットワークス）社長等を歴任。現在、発現マネジメント代表取締役。経営デザインアドバイザー。新規事業を企画立案するかたわら、ベンチャー企業数社の社外役員等も務め、若い経営者の育成・支援に手腕を発揮する。
著書『左遷社員池田リーダーになる』（リーブル出版）

由佳《ゆか》の成長《せいちょう》、それは
奇跡《きせき》の出会《であ》いからはじまった
「会社のあり方」「私の生き方」

2018年12月15日　初版第1刷発行

著　者――鈴木孝博
発行人――新本勝庸
発　行――リーブル出版
〒780―8040
高知市神田2126―1
TEL088―837―1250
装画・装幀――傍士晶子
印刷所――株式会社リーブル

ISBN 978-4-86338-240-4